David Diop

A porta da viagem sem retorno

ou os cadernos secretos de Michel Adanson

À minha esposa: não há palavra tecida que não seja para você e seu sorriso doce.
Aos meus filhos bem-amados, aos seus sonhos.
Aos meus pais, mensageiros de sabedoria.

Eurídice – Mas por sua mão, minha mão já não tem pressa!
O quê, você foge desses olhares que tanto amava!

GLUCK, *Orfeu e Eurídice*.
Libreto traduzido do alemão para o francês
por Pierre-Louis Moline para a estreia no dia 2 de agosto de
1774 no Teatro Palais-Royal em Paris.[1]

---

1 Aqui traduzido do francês. [N.T.]

I

Michel Adanson se via morrer sob o olhar de sua filha. Ele secava, tinha sede. Suas articulações calcificadas, conchas de ossos fossilizados, já não se moviam. Torcidas como sarmentos, elas o martirizam em silêncio. Ele pensava escutar seus órgãos se desfalecerem um após outro. Estalidos íntimos, anunciando seu fim, crepitavam baixinho em sua cabeça como no início do incêndio que ele provocou perto de anoitecer, mais de cinquenta anos antes, numa margem do rio Senegal. Ele precisou se refugiar muito rapidamente numa piroga de onde, em companhia de seus *laptots*, os mestres das águas fluviais, contemplou uma floresta inteira em chamas.

Os *sump*, tamareiras do deserto, estavam fendidos por chamas cercadas de fagulhas amarelas, vermelhas e azuis iridescentes que rodopiavam como moscas infernais. Coroadas de faíscas enfumaçadas, as palmeiras-de-palmira desmoronavam silenciosamente, seu enorme pé fincado no solo. Nas proximidades do rio, manguezais alagados boiavam antes de explodirem em pedaços de carne sibilante. Mais longe no horizonte, sob um céu escarlate, o fogo uivava sugando a seiva das acácias, dos cajueiros, dos ébanos e dos eucaliptos enquanto seus habitantes fugiam da floresta gemendo de terror. Ratos-almiscarados, lebres, gazelas, lagartos, animais selvagens, cobras de todos os tamanhos afundavam nas águas escuras do rio, preferindo morrer afogados a serem queimados vivos. Seus mergulhos desordenados turvavam os reflexos do fogo sobre a superfície do rio. Ondas, marulhos, submersão.

Michel Adanson não pensava ter ouvido, naquela noite, os lamentos da floresta. Mas enquanto ele se consumia por um fogo interior tão violento quanto aquele que iluminara sua piroga no rio, desconfiava que as árvores queimadas deviam ter esbravejado imprecações em uma língua vegetal, inaudível aos homens. Ele quis gritar, mas nenhum som conseguia atravessar sua mandíbula tetanizada.

O velho homem pensava. Ele não temia a própria morte, lastimava que ela fosse inútil à ciência. Em um último impulso de fidelidade, seu corpo, que batia em retirada diante da grande inimiga, oferecia-lhe um balanço quase imperceptível de suas sucessivas renúncias. Metódico até na hora da morte, Michel Adanson lamentava ser impotente para descrever em seus cadernos as derrotas de sua última batalha. Se ele tivesse conseguido falar, Aglaé poderia ter sido sua secretária de agonia. Era tarde demais para contar sua morte.

Torçamos para Aglaé encontrar seus cadernos! Por que ele não os deixara para ela em seu testamento? Ele não deveria ter temido o julgamento de sua filha e nem o de Deus. Quando se cruza a porta do outro mundo, o pudor não a atravessa.

Um dia de lucidez tardia, ele compreendera que suas pesquisas em botânica, seus herbários, suas coleções de conchas e seus desenhos desapareceriam em seu rastro da superfície da terra. No curso da eterna ressaca das gerações de seres humanos que se sucedem e se parecem, viria um homem, ou por que não uma mulher, botanista implacável, que o sepultaria sob as areias de uma ciência antiga, finda. O essencial era, portanto, figurar na memória de Aglaé tal como ele era, e não tão abstrato quanto o fantasma de um erudito. Essa revelação lhe chegara em 26 de janeiro de 1806. Muito precisamente, seis meses, sete dias e nove horas antes do início de sua morte.

Naquele dia, uma hora antes do meio-dia, ele sentira seu fêmur romper-se sob as carnes espessas de sua coxa. Um estalido abafado, sem causa aparente, e faltou pouco para ele cair de cabeça na lareira. Não fosse o casal Henry, que o puxara pela manga do roupão, sua queda provavelmente lhe teria custado outras contusões e talvez queimaduras no rosto. Eles o deitaram em sua cama antes de partirem por caminhos separados para buscar socorro. E, enquanto os Henry corriam pelas ruas de Paris, ele se esforçava ao máximo para apoiar com força o dorso do pé esquerdo sobre o calcanhar do pé direito e alongar sua perna ferida até que os ossos fraturados do seu fêmur se reajustassem. Desmaiara de dor. Ao acordar, pouco antes da chegada do cirurgião, Aglaé ocupava seus pensamentos.

Ele não merecia a admiração da filha. Até agora, o único objetivo de sua vida havia sido que seu *Orbe universel*, sua obra prima enciclopédica, elevasse-o ao topo da botânica. A busca da glória, do reconhecimento ansioso de seus pares, do respeito dos eruditos naturalistas disseminados por toda a Europa, não passava de vaidade. Ele consumira seus dias e suas noites descrevendo detalhadamente por volta de cem mil "existências" de plantas, conchas, animais de todas as espécies em detrimento da sua. Mas era preciso admitir que nada existia sobre esta Terra sem uma inteligência humana para lhe dar sentido. Ele daria sentido à sua vida escrevendo sobre ela para Aglaé.

Sob o efeito de um golpe involuntário desferido em sua alma, nove meses antes, por seu amigo Claude-François Le Joyand, arrependimentos haviam começado a torturá-lo. Até então, eram apenas alguns remorsos que emergiam como bolhas de ar do fundo de um lago barrento, estourando sem aviso prévio, aqui e ali, na superfície, apesar das armadilhas que seu espírito havia criado para contê-las. Mas durante sua convalescência acamada, ele conseguira dominá-los, aprisioná-los em palavras. E, graças a Deus, suas memórias haviam se ordenado sobre as páginas de seus cadernos, conectadas umas às outras como contas de um rosário.

Essa atividade lhe custara lágrimas que os Henry haviam colocado na conta de sua coxa fraturada. Ele os deixara acreditar e assim lhe trazer todo o vinho que quisessem, substituindo a água açucarada que ele costumava beber por uma tacinha de *chablis* por dia. Mas a embriaguez do vinho não atenuava a lembrança cada vez mais penosa, ao longo da escrita de seus cadernos, do seu amor desvairado por uma moça cujos contornos do rosto ele mal conseguia lembrar. Seus traços tinham se evaporado no inferno do esquecimento. Como traduzir em meras palavras a exaltação que ele experimentava ao vê-la cinquenta anos atrás? Ele lutara para que a escrita a restituísse intacta. E essa fora uma primeira batalha contra a morte que ele acreditava ter vencido antes que ela finalmente o alcançasse. Quando a morte o encontrara, felizmente ele havia acabado a redação de suas memórias da África. Marulhos, ondas na alma, ressureição.

II

Aglaé assistia à morte do seu pai. Ao clarão de uma vela colocada sobre sua cabeceira, um pequeno móvel baixo de gavetas falsas, ele definhava. No meio de seu último leito de dor, restava apenas uma pequena porção dele. Estava magro, seco como lenha. No frenesi de sua agonia, seus membros ossudos levantavam pouco a pouco a superfície dos lençóis que os encerravam, como se estivessem movidos por uma vida independente. Apenas suas cabeça enorme, encostada num travesseiro molhado de suor, emergia da avalanche de tecidos que engolia os pobres contornos do seu corpo.

Ele que tivera um longo cabelo ruivo escuro, amarrado num rabo de cavalo quando ele se arrumava para tirá-la do convento e levá-la ao Jardin du Roi na primavera, estava agora careca. A penugem branca que brilhava ao sabor das danças bruscas da vela colocada sobre a mesa de cabeceira não escondia as veias azuis grossas que corriam pela superfície da pele fina de sua cabeça.

Mal visíveis sob suas sobrancelhas cinzas e eriçadas, seus olhos azuis enterrados nas órbitas tornavam-se vítreos. Eles se apagavam, e mais do que todas as outras marcas de sua agonia, aquela era a mais insuportável para Aglaé. Pois os olhos do seu pai eram sua vida. Ele os havia usado para escrutinar os ínfimos detalhes de milhares de plantas e animais de todas as espécies, para adivinhar os segredos sinuosos do curso de suas nervuras ou vasos, irrigados de seiva ou sangue.

O poder de penetrar os mistérios da vida, que ele havia ganhado se debruçando por dias a fio sobre espécimes, aquele olhar ainda o carregava quando ele o erguia em sua direção. Ele te sondava de um lado a outro, e seus pensamentos, mesmo os mais secretos, os mais microscópicos, eram vistos. Você não era apenas uma obra de Deus entre tantas outras, você tornava-se um dos elos essenciais de um grande Todo universal. Habituados a rastrear o infinitamente pequeno, os olhos dele te elevavam ao infinitamente grande, como se você fosse uma estrela caída do céu que encontrava seu lugar exato, ao lado de milhares de outras, quando acreditava tê-lo perdido.

Agora, encerrado em si mesmo pelo sofrimento, o olhar do seu pai já não conta nada.

Indiferente ao cheiro amargo de sua transpiração, Aglaé se debruçou sobre ele como teria feito com uma flor espantosamente murcha. Ela tentava falar com ele. Observava muito de perto seus lábios se mexerem, distorcidos pela passagem de uma série de sílabas que ele balbuciava. Espremeu os lábios e deixou escapar por entre eles como que um grunhido. Num primeiro momento, pensou que ele dizia "Mamãe", mas na verdade era algo como "Ma Aram" ou "Maram". E ele repetira sem trégua, até o fim. Maram.

III

Se havia um homem que Aglaé odiava tanto quanto poderia tê-lo amado, era Claude-François Le Joyand. Apenas três semanas após a morte de Michel Adanson, ele divulgara um obituário repleto de mentiras. Como aquele indivíduo, que dizia ser amigo do seu pai, pôde escrever que seus empregados foram as únicas pessoas que o assistiram durante os seis últimos meses de sua vida?

Assim que os Henry a avisaram que seu pai estava morrendo, ela saíra correndo de sua propriedade em Bourbonnais. Quanto a Claude-François Le Joyand, ela não o vira aparecer durante sua longa agonia. Também não o vira em seu funeral. No entanto, aquele homem se autorizava a contar a história dos últimos dias de Michel Adanson como se estivesse presente. Passou-lhe pela cabeça a ideia de que os Henry haviam sido os informantes mal-intencionados de Le Joyand. Mas arrependeu-se de ter suspeitado de uma tal vilania quando lembrou-se de seus choros silenciosos, seus soluços abafados para não incomodá-la em sua dor.

Ela lera aquele obituário uma só vez, de um só fôlego, temerosa de encontrar, a cada nova página, um detalhe que nunca acontecera, numa agonia profunda. Não, Le Joyand nunca fora capaz de surpreender seu pai numa noite de inverno, entorpecido de frio, agachado diante do fogo magro de sua lareira, escrevendo no próprio chão sob o clarão de algumas brasas. Não, ela não deixara seu pai numa miséria tão grande que sua alimentação teria se reduzido a café com leite. Não, Michel Adanson não ficara sozinho diante da morte, sem sua filha ao seu lado, como aquele homem se regozijara em inventar.

A finalidade daquele obituário, sem que ela entendesse o porquê, era macular seu luto com uma vergonha pública irremediável. Refutar as insinuações daquele que se dizia amigo do seu pai era impossível. Ela provavelmente nunca teria a chance de responsabilizá-lo por sua vilania. Talvez tenha sido melhor assim.

As últimas palavras de seu pai no leito de morte haviam sido, portanto, "Ma-Aram" ou "Maram", e não aquela frasezinha ridícula e conveniente que lhe fora atribuída por Le Joyand em seu abominável obituário: "Adeus, a imortalidade não está neste mundo."

IV

No seu tempo de criança, a felicidade de Aglaé era quase perfeita quando seu pai a levava uma vez por mês ao Jardin du Roi. Ali ele lhe mostrava a vida das plantas. Ele contara cinquenta e oito famílias de flores, mas vistas pelo microscópio, nenhuma se assemelhava a suas irmãs. Sua predileção pelas esquisitices da natureza, tão propensa a infringir suas próprias leis sob uma uniformidade de fachada, a conquistara. Muitas vezes os dois corriam pelos corredores das estufas enormes do Jardin du Roi, de manhã cedo, com um relógio na mão, maravilhados com a hora imutável em que as flores de hibisco, qualquer que fosse sua variedade, abriam sua corola à luz do dia. Desde então, graças a ele, ela conhecia a arte de se debruçar sobre uma flor, por dias a fio, para espiar os mistérios de sua vida efêmera.

A cumplicidade que havia ressurgido entre eles no fim de sua vida tornava ainda mais agudo o seu arrependimento de não saber quem era de fato Michel Adanson. Quando ela vinha visitá-lo, invariavelmente o encontrava acocorado, os joelhos na altura do queixo, as mãos na terra preta de uma estufa que ele mandara construir no fundo do seu pequeno jardim parisiense. Ele a recebia sempre com as mesmas palavras, como se quisesse fazer daquilo um ritual. Se passava mais tempo assim do que sentado numa cadeira ou num sofá, era porque adquirira o hábito durante os cinco anos de sua viagem no Senegal. Ela só teria a ganhar experimentando aquela posição de repouso, mesmo que não lhe parecesse elegante. Ele lhe dizia isso repetidas vezes, como fazem as pessoas mais velhas apegadas às suas lembranças mais antigas, divertindo-se também, provavelmente, ao reler em seus olhos as vidas que ela sonhara para ele quando criança, nas raras ocasiões em que lhe contava os fragmentos de sua viagem à África.

Aglaé sempre se surpreendia genuinamente com a peculiaridade das imagens que os rituais de conversa com seu pai tinham o poder de criar em seu espírito. Ele parecia nunca se privar de recorrer às palavras idênticas que faziam nascer no olhar de sua filha pinturas idílicas de sua juventude. Às vezes ela o imaginava muito mais jovem, deitado num berço de areia quente, rodeado de negros que, como ele, repousavam à sombra dessas grandes árvores conhecidas como *kapokiers*. Às vezes ela o via cercado por esses mesmos negros em trajes coloridos, refugiando-se com eles no imenso oco do tronco de um baobá para se proteger da canícula africana.

Aquela circulação de lembranças imaginárias, reativada indefinidamente por palavras-talismãs como "areia", "kapokier", "rio Senegal", "baobá", por um momento os reaproximara. Mas para Aglaé elas não foram suficientes para compensar todo o tempo que haviam perdido evitando um ao outro. Ele, por não encontrar um minuto para lhe dedicar; ela, em represália àquilo que havia entendido como falta de amor.

Quando ela partira com sua mãe, aos dezesseis anos de idade, para uma estada de um ano na Inglaterra, Michel Adanson não lhe enviara uma carta. Ele não tivera tempo, prisioneiro voluntário de um desses sonhos de enciclopédia do século dos filósofos. Mas se Diderot e d'Alembert, ou mais tarde, Panckoucke, haviam se cercado de uma centena de colaboradores, seu pai descartara a possibilidade de outra pessoa redigir para ele os milhares de artigos que compunham sua obra-prima. Em qual momento ele pensara ser possível desemaranhar os fios escondidos no imenso novelo do mundo e que, supostamente, religariam todos os seres por redes sutis de parentesco?

No mesmo ano do seu casamento, ele começara a calcular o tempo vertiginoso necessário para finalizar sua enciclopédia universal. Prevendo, segundo uma "estimativa elevada", que ele morreria aos setenta e cinco anos, restariam-lhe trinta e três anos e, numa média de quinze horas de trabalho por dia, daria cento e oitenta mil seiscentos e setenta e cinco horas de tempo útil. Desde então, ele vivera como se cada minuto de atenção dedicado à sua esposa e à sua filha o arrancasse de um trabalho que nunca acabaria por causa delas.

Portanto, Aglaé havia buscado para si outro pai, que encontrara em Girard de Busson, amante de sua mãe. E se a natureza tivesse sido capaz de fundi-los, ele e Michel Adanson, para torná-los um só homem, aos seus olhos aquele enxerto humano beiraria a perfeição.

Provavelmente sua mãe pensara a mesma coisa. Foi ela, Jeanne Bénard, muito mais jovem do que Michel Adanson, que quis se separar, mesmo ainda sendo apaixonada por ele. Seu marido reconheceu de bom grado, diante do tabelião, que lhe era impossível dedicar tempo à sua família. Aquelas palavras sinceras, porém cruéis, haviam machucado Jeanne, que, por rancor, fez questão de transmiti-las à sua filha, apesar dos seus nove anos. E quando, ainda criança, ela soubera que um dos seus livros se intitulava *Família das plantas*, Aglaé disse a si mesma, cheia de amargura, que as plantas eram mesmo a única família do seu pai.

Se Michel Adanson era pequeno e de aparência magra, Antoine Girard de Busson era alto e forte. Se Michel Adanson podia ficar taciturno e socialmente desagradável de repente, Antoine Girard de Busson, que Aglaé chamava de "senhor" na intimidade da mansão onde ele a acolhera, juntamente com sua mãe, após o divórcio de seus pais, era sociável e divertido.

Conhecedor da alma humana, Girard de Busson não tentara suplantar Michel Adanson em seu coração de criança, depois de menina. Ele até insistira em ajudar o seu pai no seu projeto mítico de publicação, apesar das recusas com frequência pouco corteses do erudito misantropo.

Ao contrário de Michel Adanson, que parecia nunca se preocupar nem com seus casamentos nem com seus netos, Girard de Busson se esforçava ao máximo para fazê-la feliz. Era a ele que Aglaé devia o dote que entregara aos seus dois infelizes maridos e, especialmente, o castelo de Balaine, que ele comprara para ela em 1798. Mas, por uma estranha confusão de ressentimentos, às vezes ela era muito dura com ele. Girard de Busson suportara pacientemente suas grosserias e injustiças, e parecia até contente que ela o tratasse tão mal, como se visse em seus caprichos e suas raivas uma prova de amor filial, ele que não havia tido filhos.

Para lavar, por meio do casamento da sua filha, a desonra atrelada ao seu divórcio, sua mãe insistira para ela se casar, com apenas dezessete anos, com Joseph de Lespinasse, um oficial convencional que tivera a péssima ideia, na noite de núpcias, de atacar sua virgindade *manu militari*. Quando ficaram a sós no quarto de núpcias, aquele homem fizera com que ela se enojasse irremediavelmente dele. Comovido, achando que ela partilharia de sua emoção, ele sussurrou em seu ouvido que queria possuí-la *more ferarum*, ao modo das bestas selvagens. A confissão crua do seu desejo em latim eclesiástico a ferira menos do que o modo brutal como ele tentara lhe incutir sua paixão. Mas ele se arrependera de suas violências, pois ela soubera defender seu corpo em detrimento do dele. Joseph de Lespinasse, como uma mariposa da noite, passara uma semana sem sair de casa, para esconder do público o hematoma roxo que ornava o contorno do seu olho direito. Ele obtivera o divórcio sem dificuldade, apenas um mês depois.

Aglaé não fora mais feliz com Jean-Baptiste Doumet, segundo-tenente de um regime de dragões que se tornou negociante em Sète. O único mérito do seu segundo marido fora ter feito dois filhos com ela dentro do estrito respeito às regras de uma procriação sem paixão. Se ele tivera gostos particulares em matéria de amor, não fora com ela que os praticara. Talvez os reservasse para suas amantes passageiras, que, logo após o casamento, já não se preocupava em esconder dela?

Ela temia nunca ser feliz. O sentimento de que a felicidade no amor só podia existir na literatura a entristecia. E, embora tenha vivido o suficiente para não mais se deixar levar por ilusões sentimentais, ainda esperava, mesmo depois de dois casamentos fracassados, encontrar o homem da sua vida à primeira vista. Sua fé no amor a deixava irritada consigo mesma. Ela era como esses ateus que temiam sucumbir à tentação de crer em Deus no dia de sua morte. Ela amaldiçoava o deus Amor sem nunca conseguir negá-lo por completo.

Então, quando Girard de Busson, que a via triste e melancólica, anunciara a compra do castelo de Balaine, programada para um mês depois, ela se reanimara. Pensara, antes mesmo de tê-lo visto, que aquele castelo seria sua bússola. As pessoas, as plantas e os animais viveriam ali em harmonia. Balaine seria sua idade de ouro pessoal, uma obra de arte íntima legível apenas por ela mesma. Somente ela saberia decifrar, em sua disposição final, as camadas de esperança e os lampejos de entusiasmo que aquilo lhe teria custado. Ali ela acalentaria até suas desilusões.

V

Situado não muito distante da comuna de Moulins, na região de Bourbonnais, o castelo de Balaine avizinhava a pequena comuna de Villeneuve-sur-Allier, que contava com pouco menos de setecentas almas. Na primeira vez que Girard de Busson a levara lá, estavam apenas os dois. Feliz por ficar sozinho em Paris, Jean-Baptiste, seu segundo marido, não quisera acompanhá-la, enquanto Émile, o primeiro filho deles, ainda muito pequeno para tal viagem, fora deixado aos bons cuidados de Jeanne, sua vó.

Instalados na luxuosa carruagem de Girard de Busson, que era puxada por quatro cavalos conduzidos desde sempre por Jacques, o cocheiro da família, eles haviam deixado a casa na madrugada de 17 de junho de 1798. A mansão de Girard de Busson ficava na rua Faubourg-Saint-Honoré, não muito distante da Folie Beaujon.[2] Então, eles haviam cruzado

---

2 Espaço de lazer construído por Nicolas Beaujon em Paris entre 1781 e 1783. [N.T.]

o Sena pela Pont de la Concorde. Mas, depois de ter atravessado o Faubourg Saint-Germain, Jacques escolhera pegar a direção sul, depois a leste, para contornar a antiga muralha das fazendas, muro por muro. Ele queria evitar atravessar os *faubourgs*[3] populares de Saint-Michel, Saint-Jacques e, principalmente, Saint-Marcel, de onde eles também poderiam ter chegado ao muro da Itália indo pela rua Mouffetard. A berlinda de Girard de Busson ostentava riqueza. Na época do Diretório, o povo de Paris, já nostálgico da Revolução, ainda estava suscetível e com ânimos inflamados.

Além do muro da Itália, abria-se o grande caminho do rei, rebatizado no tempo do Imperador de "rota imperial número oito", que ligava Paris a Lyon. Aglaé raramente saía de Paris pela estrada do Bourbonnais. No máximo, ela havia parado em Nemours, onde os parisienses agradáveis adoravam passar o domingo, nos dias bonitos da primavera, desfilando com suas carruagens conversíveis.

Ela começara a longa viagem para o castelo de Balaine com os olhos semicerrados. Sentada no sentido contrário da viagem, de frente para Girard du Busson que respeitava em silêncio seu semblante de letargia, não prestava atenção à paisagem que desfilava lentamente atrás das janelas da berlinda, deixando-se embalar pelo andar da carruagem. Pouco a pouco, na penumbra da madrugada, ela imaginara que os rangidos das molas da carruagem, associados aos passos abafados dos cavalos, evocavam o assobio agudo do vento nas velas e o rangido das cordas de um navio quase parado nos confins do Atlântico. Depois, repentinamente, a claridade que invadia pelo Leste o interior da carruagem se

---

3 Subúrbios. [N.T.]

apagara, como se, revertendo o curso habitual do tempo, a noite regressasse. Uma luz vaga e lúgubre se abatera sobre eles, mergulhando-os num meio-sono propício aos sonhos acordados. Eles haviam acabado de passar pelo cruzamento do Obelisco e adentravam suavemente a estrada retilínea que cruzava a floresta de Fontainebleau.

Ela estava em pé sobre o convés de um navio alado com grandes velas brancas. Sob seus pés, a madeira era escaldante. Acima dela, um desses crepúsculos de nuvens azuis, laranja e verdes, derretido em uma fumaça de céu dourado. Enxames de peixes voadores perseguidos por predadores invisíveis respingavam no casco do barco. Suas barbatanas não o levavam muito longe do perigo que os acossava sob a superfície da água. Lançados em direção ao céu, eles fugiam das bocas rosadas, enormemente abertas, vindas das profundezas. Mas pássaros brancos, cormorões ou talvez gaivotas, também os perseguiam. E as agulhas prateadas, nem totalmente peixes nem totalmente pássaros, eram trituradas tanto por mandíbulas como por bicos, encurraladas em tufos de espuma.

Tão desesperada quanto esses estranhos peixes que não estavam em casa nem na água nem no ar, os olhos ainda fechados, ela se segurara para não chorar.

De sua primeira viagem para o castelo de Balaine, no mês de junho de 1798, Aglaé só se lembrava desse meio-sonho triste, guiado por sua consciência e do qual ela pensara poder escapar quando quisesse. Mas naquele dia ele a perseguiu até seu destino final. Foi apenas uma viagem após outra, na maioria das vezes solitária, durante os anos que haviam precedido o 4 de setembro de 1804, quando ela se instalara numa fazenda vizinha ao castelo de Balaine, durante a sua restauração, que ela associara suas lembranças íntimas às pequenas cidades e povoados situados entre Paris e Villeneuve-sur-Allier.

Montargis sob a chuva. As águas negras do canal de Briare. Cosne-Cours-sur-Loire onde ela havia parado mais de uma vez para comprar vinho de Sancerre para o seu padrasto e o seu pai. Maltaverne, onde a surpresa de uma tempestade a fizera prisioneira de uma pousada sinistra, muito inapropriadamente chamada No Paraíso. Em Charité-sur-Loire, por ocasião de uma saída matinal, uma vista belíssima do rio, que nunca a comovera, ofereceu-se a ela. Imerso em neblina, o Loire a fizera pensar no fantasmagórico rio Tâmisa que ela pudera contemplar durante o ano de sua estada em Londres, antes de seu primeiro casamento. Em Nevers, ela comprara o essencial da louça de cerâmica azul e branca do castelo. Por todos os outros lugares, nada a havia marcado.

Girard de Busson fizera coincidir a primeira entrada deles em Villeneuve-sur-Allier com a festa de São João. Pouco antes de chegarem, ele lhe havia explicado que em quase todos os povoados do Bourbonnais, desde a madrugada daquele dia de feira ao ar livre, empoleiravam-se nos estrados improvisados, no coração do mercado, camponesas e camponeses aspirantes a domésticos de casa burguesa ou empregados de fazenda. Vestidos da melhor forma, um buquê de flores do campo preso na cintura, eles vendiam seus braços a quem desse a melhor oferta pelo período de um ano. Após duras negociações acerca do valor do salário, a patroa ou o patrão que os empregava lhes dava uma moeda de cinco francos, o "denário de Deus", em troca do buquê. Sem suas flores, eles haviam sido escolhidos, não estavam mais disponíveis para aluguel. No fim da manhã, em meio a esses horticultores e fazendeiros que dobravam suas barracas no final desse estranho comércio de flores e trabalhos, a juventude se lançava em um grande baile, uma algazarra, uma desordem. Fora nessa hora que Aglaé e Girard de Busson surgiram de carruagem na praça do povoado.

Tal como deuses caídos do céu, eles receberam a oferenda de uma grande parte dos buquês que haviam sido trocados pela manhã e com os quais alguns aldeões se divertiam jogando-os no teto da berlinda para que ali se equilibrassem. E foi assim que, seguidos uma hora por uma pequena trupe feliz, semeando atrás deles flores do campo ao acaso dos solavancos do caminho, eles descobriram o castelo de Balaine no fim de uma ruela ladeada de amoreiras.

Aglaé não se deixara envolver de imediato com Balaine. Ela se contentara em observar tudo, distanciada o bastante para coletar imagens do castelo que mais tarde associaria a impressões boas ou más. Assim, ela vivera pela metade todo o início do seu primeiro encontro com aquele lugar para melhor revivê-lo mais tarde, sozinha consigo mesma. O castelo apresentava torres de ângulo em cada canto de um pátio em forma de U maiúsculo: amplamente aberto aos visitantes, o pátio por enquanto estava invadido por ervas daninhas. Os vitrais das torres estavam enquadrados por pedras vermelhas e brancas cujas cores não se podia mais discernir, cobertas por um emaranhado de musgo e hera. Uma passagem desproporcional que o atravessava de uma ponta a outra tornava a sua fachada feia.

Girard de Busson listara os nomes de alguns proprietários de Balaine desde o século catorze. Os primeiros, os Pierrepont, edificadores de um castelo fortificado, o haviam transmitido de geração em geração por quase quatrocentos anos. Após 1700, ano da extinção da linhagem Pierrepont, os proprietários das localidades haviam se sucedido até um certo cavaleiro de Chabre, que empreendera a reconstrução completa do castelo em 1783, sob a orientação de Évezard, um arquiteto de Moulins. Diante da vastidão dos trabalhos, o cavaleiro dera as costas e revendera.

Girard de Busson tentara em vão abrir a porta da entrada do castelo. Um cheiro de gesso úmido e de madeira molhada escapara por uma fresta. Eles não conseguiram entrar no vestíbulo, mas as venezianas das grandes janelas que davam para a parte de trás do castelo estavam parcialmente abertas, então perceberam raios de sol que batiam em um assoalho enegrecido, coberto por uma espessa camada de poeira lanosa.

"Eu aluguei uma fazenda não muito longe daqui onde você poderá ficar para acompanhar os trabalhos de restauração", dissera-lhe seu padrasto acenando com a cabeça. "Nós nos instalaremos lá hoje mesmo por uma noite. Mas façamos antes um *tour* pelo castelo."

Quando eles se viraram, os poucos aldeões que os haviam seguido tinham desaparecido. Jacques se ocupava com os cavalos, divertindo-se em decorar os arreios com os poucos buquês de flores que não haviam caído do teto da carruagem. Seu padrasto e ela haviam margeado pela esquerda uma poça de água lamacenta, provavelmente alimentada por um pequeno riacho bem próximo. A parte de trás do castelo estava invadida por mato e sua deterioração, já perceptível na fachada da frente, ali parecia bem pior.

Foi ali, naquele instante, que ela finalmente sentira uma alegria profunda crescer dentro dela. Graças a um dom de espírito herdado da sua mãe, ela sabia reconhecer para além das aparências feias de um objeto ou de um lugar, suas potencialidades de beleza. Porém, se por acaso o mínimo traço de um esplendor desaparecido se deixara entrever na fachada de trás do castelo para encorajá-la a ressuscitar, de forma idêntica, seu esplendor de outrora, Aglaé o teria ignorado. Ela queria ser pioneira, conquistar uma beleza nova para aqueles lugares em vez de reconquistar sua magnitude perdida. Imaginava sem esforço o último descendente dos Pierrepont, cem anos antes, extenuado de dívidas, já não agindo, petrificado como as pedras de seu velho castelo perante a ideia de cometer o sacrilégio de acrescentar ao seu espaço de vida o menor sinal de uma modernidade anacrônica. Ela nunca colocaria seus descendentes na posição desse último dos Pierrepont, escravo, possivelmente, dos vestígios de pedra.

Em vez disso, ela legaria aos seus filhos um lugar cujo centro vital seria não o castelo, mas seu parque, a beleza e a raridade de suas plantas, suas flores e todas as árvores com as quais ela o ornaria. Quando os castelos desmoronam ao final de quatro séculos porque os homens que os construíram e os descendentes de seus descendentes desapareceram, apenas as árvores que eles plantaram no entorno resistem ao tempo. A natureza nunca sai de moda, pensara sorrindo.

Girard de Busson, que a espiava, surpreendera seu sorriso, o que muito a alegrara. Era uma nova forma de lhe dizer obrigada, talvez mais convincente do que as palavras de agradecimento que ela lhe repetira, mas que não conseguiam descrever a plenitude de sua felicidade e gratidão.

Ao longo de toda a estrada, no caminho de volta a Paris, ela descrevera para Girard de Busson sua visão do parque. Por ora, ele estava espremido em uma faixa de terra que seria preciso ampliar comprando propriedades contíguas.

Ela plantaria sequoia da América, áceres e *magnolia grandiflora*. Construiria uma estufa para cultivar flores exóticas, hibiscos asiáticos com cinco pétalas grandes. Seu pai, Michel Adanson, a ajudaria, com seus contatos botânicos, a trazer plantas de árvores do mundo inteiro. E Girard de Busson dissera sim a tudo, apesar das despesas.

Naquela mesma noite, entusiasmada com sua primeira viagem a Balaine, Aglaé se permitira a ilusão de fazer com que Jean-Baptiste se apaixonasse por seu sonho, oferecendo-se a ele. Ela teria amado inventar expressões grandiosas que mostrassem a ele de uma só vez a felicidade que os aguardaria lá, para sempre. Frases inspiradas que o teriam conquistado como num passe de mágica. Mas o que finalmente encontrara para dizer ao marido a deixara revoltada consigo mesma:

"Você sabe de onde vem o nome Balaine...? Não, você não adivinha...? Pois bem, é porque as pessoas da aldeia vão colher desde sempre, nos arredores do castelo, juncos para fabricar vassouras."[4]

"Olha aí um belo nome para um castelo!", respondera de imediato Jean-Baptiste. "Ao menos é criativo... quando se tem por brasão duas vassouras em um formato de cruz..."

Aglaé ficara menos irritada com as piadinhas de Jean-Baptiste do que com o ímpeto de confiança ingênua que lhe fizera esquecer que seu marido não era seu amigo. Mas, como se uma parte dela necessitasse a todo custo de uma união espiritual com alguém, como se o ponto de virada da sua vida precisasse necessariamente comover a pessoa

---

4 Em francês, *balais* (vassouras), o que justifica o nome do castelo: Balaine. [N.T.]

que compartilhava da sua intimidade, ela se entregara assim mesmo a Jean-Baptiste. Incapaz de se controlar na sua busca por cumplicidade, ela se vira, então, como uma espectadora, jogando todo o seu charme, expressando uma delicadeza da qual nunca se imaginara capaz em relação e ele.

Assim, foi provavelmente naquela noite, na volta da sua primeira viagem ao castelo de Balaine, que ela concebera seu segundo filho, Anacharsis, mas também, no mesmo momento, o projeto de se divorciar de Jean-Baptiste Doumet.

VI

Não houve dia, desde o seu primeiro encontro com o castelo de Balaine, que ela não tivesse sonhado com ele como se sonha com um amante. Ela abrira um caderno de desenho no qual traçara, com traços grandes de lápis grafite, esboços de entradas, mapas detalhados de canteiros e arquiteturas de florestas. Ela confidenciara ao seu pai seus projetos campestres e Michel Adanson lhe escrevera dizendo que suspenderia dali para a frente seus trabalhos de pesquisa para recebê-la em casa meio período de um dia por semana. Ela fora então à rua da Vitória quase todas as sextas-feiras, "logo após o jantar", como ele a convidara com seu francês meio em desuso.

Michel Adanson não era o homem que seus colegas acadêmicos haviam descrito após sua morte. O grande Lamarck, do alto da sua presunção, alimentara a sua reputação de mal-humorado, rude e misantropo. Aglaé imaginava que não eram apreciados nesse meio os seres que, como seu pai, colocavam a honestidade e a justiça acima de tudo, incapazes de transgredir seus princípios, ainda que fosse para sacrificá-los em prol de seus amigos. A educação, a cordialidade não era o forte de Michel Adanson: ele amava ou não amava, sem nuances. Ele nunca tentou esconder o asco que lhe causava a presença de um colega que não estimava. Mas, com o tempo, e graças à leitura de filósofos como Montaigne, que ele a fizera ler, por sua vez, Michel Adanson encontrara a força de não se deixar mais torturar por semanas inteiras pelo desprazer profundo que lhe causava a lembrança da menor palavra inadequada dirigida a ele.

Seu pai acolhera em sua estufa três rãs verdes que ele observava de um canto de olho enquanto transplantava as mudas de árvores exóticas que preparava para sua filha e para o parque do seu castelo de Balaine. As três rãs estavam quase domesticadas: elas deixavam sem medo que ele se aproximasse, ele que as havia apelidado de "rãs da civilidade". Aglaé compreendera o sentido dessa expressão estranha quando o ouviu interpelar um desses três batráquios – "Senhor Guettard, comporte-se!" – com o mesmo nome daquele que estivera entre os seus piores inimigos durante os últimos anos na Academia Real de Ciências de Paris. Ao vê-la sorrir, ele lhe dissera com um ar de malícia que ela não conhecia aquela ali: "Ela não é venenosa como suas primas da floresta amazônica na Guiana, mas posso te garantir que aquele de quem ela carrega o nome fez de tudo para me envenenar a vida".

Aglaé rira de bom grado com as palavras do seu pai acrescentando que os nomes Lamarck e Condorcet, com os quais batizara os outros dois batráquios, serviam-lhe para lembrar o papel que esses dois colegas haviam exercido na resolução do seu conflito com Guettard. "Hoje eu dificilmente faria distinção entre os três", ele concluíra, irônico.

Ao fim de sua vida, seu pai parecia ter retornado daquela caça à glória que invariavelmente fugia à sua aproximação, como uma corça que pressente no vento a presença do seu predador. Em suas últimas visitas à rua da Vitória, só muito raramente ele lhe falava sobre sua interminável enciclopédia universal de história natural. Ele havia se tornado tão disponível, tão disposto a escutá-la de fato, que Aglaé finalmente se sentira confiante o bastante, numa sexta-feira de outono, na estufa onde os dois se encontravam, para lhe fazer uma confidência.

Ela lhe contara da angústia que havia sentido, em sua companhia, quando era ainda uma garotinha, diante do espetáculo astronômico da imensidão do Universo. Talvez ele se lembrasse... Ele a levara, numa noite de verão, a um observatório situado em Saint-Maur, nas portas de Paris. Através do telescópio, seu olho a arrastara para o nada e, como a luz das estrelas lhe parecera glacial, ocorreu-lhe a ideia – brutal para ela que era religiosa sem refletir sobre isso – que o paraíso não poderia estar no céu. A Terra sendo apenas um ponto minúsculo num espaço infinito, se Deus tivesse querido dar um paraíso e um inferno aos homens, por que ele estaria em outro lugar que não ali onde eles já se encontravam?

"Você imaginou os planos de Deus na medida das suas próprias preocupações", respondera-lhe seu pai. "Talvez você coloque o paraíso num plano visível porque acredita que é impossível ser feliz fora do seu lugar. Quanto a mim, penso que é em nós mesmos que se encontram o paraíso e o inferno."

Em suas últimas palavras sussurradas, ela acreditara perceber como uma hesitação nos olhos do pai, a irrupção de uma imagem, um tempo de pausa do seu espírito em uma lembrança longínqua. Mas, daquela vez, sua atenção não parecera escapar para sua obsessão com a enciclopédia. Era um projeto de outra natureza que ele parecia conceber naquele instante, movido pela energia de uma resolução repentina. Aglaé amara aquele momento que se gravara em sua memória e ao qual não soubera atribuir um sentido. Enquanto ele continuava remoendo a terra para preparar suas plantas, cercado por suas "três rãs da civilidade", e sempre acocorado ao modo dos negros do Senegal, pareceu-lhe que ele escrutinava a si próprio, como se faz através de um telescópio.

VII

Esmagada sob o peso de enormes pacotes amarrados em seu porta-malas, a berlinda de Girard de Busson entrara muito lentamente no pátio. Jacques conduzia seus quatro cavalos num trote cadenciado. Eles haviam puxado desde Paris, por aproximadamente trezentos quilômetros, a infinidade de caixas de conchas, de plantas secas, de animais empalhados e mesmo de livros que seu pai lhe legara. Aglaé não teria acreditado que Michel Adanson lhe destinaria tantos objetos heterogêneos. Ela pensava que ele faria uma triagem.

Ela estava na soleira da porta com Pierre-Hubert Descotils, que viera lhe mostrar os projetos de restauração do castelo. O jovem parecera tão surpreso quanto ela ao ver uma carruagem tão bela transformada em uma vulgar charrete de mudança. Na sequência de Évezard, o arquiteto de Moulins que dirigira os primeiros trabalhos de reconstrução do castelo vinte anos antes, ela contratara Pierre-Hubert Descotils para finalizá-los. Moreno alto de um porte altivo, a testa larga, belos dentes e olhos claros, ele tinha um pouco mais de trinta anos. O timbre de sua voz era notável, levemente grave, não muito. Ele pronunciava todas as palavras com precisão, mas sem afetação, arrastando-se um pouco nelas como aqueles gagos disfarçados, às vezes traídos por seus esforços de naturalidade. Essa particularidade intrigara Aglaé durante todo o tempo que eles haviam passado juntos naquela tarde.

A cabeça inclinada muito próxima da sua acima dos projetos do castelo, tanto que bastava ele sussurrar para que ela escutasse suas explicações, acreditara perceber alguma timidez nas ínfimas inflexões de sua voz. Mas provavelmente ela se enganara, pois ao ver Jacques empoleirado em sua carruagem entulhada de pacotes disparatados e despropositados, Pierre-Hubert Descotils caíra na gargalhada, uma risada límpida, sonora e potente que a contagiara. Recompondo-se, o arquiteto se despedira prometendo voltar quando os projetos do castelo estivessem corrigidos de acordo com suas "diretrizes". Um sorriso discreto nos lábios.

Contrariado por uma tal acolhida ao fim de sua viagem desgastante, Jacques se irritara ao seu modo, silencioso e obstinado, tratando-lhe com frieza apesar das calorosas palavras de boas-vindas que ela exagerava para amolecer seu coração. Ela nunca teria conhecimento de todas as zombarias que ele suportara em Paris. A rua Mouffetard, principalmente, fora um inferno para ele. Uma trupe de crianças furiosas o escoltara até o muro da Itália. Eles se divertiam jogando pedrinhas nele sob o olhar cúmplice dos adultos, seus pais. Para as crianças da interminável rua Mouffetard, sua berlinda fora um carro alegórico.

Ao se aproximar, Aglaé compreendera por que Jacques mantinha desde Paris seu mau humor. Não era apenas o teto da carruagem que estava entulhado de pacotes enormes, mas também seu interior, lotado com um bricabraque de plantas em vasos, livros e uma infinidade de pequenos móveis baixos de diferentes formatos. Aglaé sabia que Jacques adorava seus quatro cavalos como se adora os amigos e que deveria ter sofrido ao vê-los suar percorrendo as longas quatro subidas que precediam Charité-sur-Loire e muitas outras durante o trajeto. Ela então lhe implorara, muito solenemente, para perdoar-lhe por ter rido de sua entrada no pátio. Mas Jacques só a perdoara quando ela ordenara a Germain, seu jardineiro, que o ajudasse a liberar os cavalos da carruagem, secá-los e alimentá-los.

Quando se vira sozinha, em pé no meio do pátio, ela erguera o olhar em direção ao céu onde floresciam ramalhetes de nuvens azul-turquesa rendadas pelo crepúsculo. Sombras de andorinhas cortavam o céu e seus gritos agudíssimos deixavam em sobressalto o seu coração. Um cheiro de terra quente envolvia aquela jovem como num tecido de alegria. Aglaé sentira sua garganta apertar de uma felicidade doce, insidiosa, profunda. Ela acreditava poder adivinhar a causa, mas se proibia de explicá-la claramente, pois era cedo demais. Esperaria para compreender melhor, para analisar os sobressaltos do seu coração. Ela se prometera deixá-la aflorar à sua clara consciência uma vez que tudo estivesse em ordem na fazenda.

Pierre-Hubert Descotils lhe inspirava ternura. Ainda não ousava dizer a si mesma que aquilo podia ser amor.

VIII

Michel Adanson não jogava nada fora. De um vaso de terracota lascado guardado por muito tempo, um belo dia ele tirava pequenos estilhaços regulares dos quais se servia para drenar o solo ao pé de uma muda de árvore, quando não os triturava em seguida para enriquecê-lo também com pó mineral.

Não eram apenas as ferramentas de jardinagem que ele tratava com economia, eram também os livros. Ele costumava dizer que, de cem livros de botânica, não havia dez que valessem a pena serem lidos. "E ainda...", ele acrescentava, "se excluirmos todas as páginas dedicadas às concessões acadêmicas de seus autores, à sua vaidade mal dissimulada pela falsa modéstia, não sobrariam nem cinco páginas úteis." Para ele, as enciclopédias e os dicionários eram os livros mais proveitosos, pois seus autores, constrangidos pela brevidade dos artigos, não tinham tempo para bancar os aduladores. Aglaé nutria sérias desconfianças de que seu pai pregava para sua própria enciclopédia, cujos esboços titânicos permaneceriam para sempre no estado de rascunhos. Mas as vulnerabilidades da fama que ele compartilhava com seus colegas não o afetavam, segundo ela que acabara por endeusá-lo, por submeter-se como eles a uma ambição microscópica. A de Michel Adanson tinha o mérito de ser grandiosa.

Aglaé não se imaginaria capaz de compreender tão rapidamente, ao esvaziar a berlinda de dezenas de objetos e pequenos móveis desemparelhados, o quanto a utilidade era algo muito subjetivo. A herdeira de uma luneta naval com a lente quebrada não sabia explicar o porquê de seu pai ter julgado indispensável legar-lhe tal objeto. Ela recapitulou todas as gavetas de sua memória nas quais o manual de uso poderia se encontrar. Ele lhe dera uma série de objetos heterogêneos apenas para que ela tentasse desvendar seus mistérios? Talvez essa tenha sido uma forma enviesada encontrada por ele de às vezes povoar o seu espírito. Para que poderiam servir um compasso de metal verde acinzentado, uma faca embotada, uma lâmpada a óleo enferrujada? O que pensar do pequeno colar de contas de vidro brancas e azuis ou do pedaço de tecido, fragmento de *indienne*[5] decorada com caranguejos roxos e peixes amarelos, que ela havia descoberto em uma gaveta de um pequeno móvel baixo? Também achara naquele mesmo móvel um luís de ouro e não compreendia como seu pai, tão econômico, pudera abandoná-lo lá.

Surpresa com a estranha última vontade do pai de entulhá-la de coisas sem outro valor aparente senão o de ter lhe pertencido, Aglaé decidira, ainda assim, não jogar nada fora, com medo de um dia se arrepender de ter se desfeito de uma

---

5 Tecidos que começaram a chegar na Europa no século XVI, provenientes da Índia, passando quase sempre pelo porto de Marselha. [N.T.]

bagatela cujo interesse só poderia lhe ser restituído pelo trabalho involuntário da sua memória, pelo desvio de um sonho. Ela ficara feliz por ter tomado essa decisão quando exumara debaixo de um banco da carruagem uma caixa de vinho onde se encontravam três grandes potes que se poderia supor serem de geleia, cuidadosamente protegidos por diversas camadas de papel jornal, amarrados com barbante.

Ela desfizera os nós com precaução, curiosa para descobrir o que tanto papel escondia. Eram os senhores Guettard, Lamarck e Condorcet, as três "rãs da civilidade" de seu pai. Ao encontrá-los conservados no formol com uma tonalidade amarelada, sem que nenhum bilhete explicativo os etiquetasse, seu pai tecia os laços de uma memória compartilhada apenas entre ela e ele. O que os aproximara nos últimos anos de sua vida, quando ela ia encontrá-lo na estufa quase todas as sextas-feiras à tarde, estava lá, no fundo daqueles potes. Aquilo a alertava para não jogar nada enquanto não elucidasse o sentido de todos aqueles objetos disparatados. Era como um jogo cujas regras ela deveria adivinhar com o passar do tempo, esta fora a tarefa que ele lhe confiara.

A exemplo do seu pai, Aglaé mandara construir uma estufa no pátio da fazenda onde ela se instalava durante as reformas do castelo. Essa estufa não servia apenas para preparar as plantações do ano seguinte para o parque de Balaine, que já tinha uma certa beleza desde que ela começara a configurá-lo ao seu modo. Era também um lugar onde ela cultivava um vínculo de além-túmulo com seu pai, uma correspondência de espaço onde suas preocupações idênticas germinavam. Graças àquele lugar úmido e quente, saturado de odores de terra e flores, Aglaé conversava com Michel Adanson para além da sua morte. A estufa de Balaine fazia eclodir solidariedades mudas, um reservatório infinito de trocas e pensamentos paralelos. À medida que ela adquirisse as mesmas habilidades de jardineiro que ele, os dois conversariam em silêncio, compartilhariam suas práticas de floração e enraizamento, inspiradas pelo que ele poderia ter lhe dito se ainda fizesse parte deste mundo.

IX

Dois dias após a transferência de todo o legado de seu pai da carruagem à estufa, ela chegara lá muito cedo pela manhã. O teto de vidro, coberto por gotas de orvalho, começava a fumegar às carícias dos primeiros raios de sol. Reinava ainda uma penumbra fresca. Ela distinguia a silhueta das coisas, mas não os detalhes do seu material ou da sua cor. Era um pequeno templo de objetos fantasmas. Em suas três tumbas de vidro, alinhadas sobre uma estante, as "rãs da civilidade" eram apenas massas disformes, indiscerníveis, afogadas na opacidade do ambiente.

No alto da mesma estante, a sombra de uma coruja empalhada erguia as asas. E, por uma ilusão de ótica que duraria até que a luz adentrasse em grandes fluxos a estufa, Aglaé imaginava que esse pássaro ia levantar voo e cair na sua cabeça.

Suas plantas pareciam ter desaparecido, engolidas numa formidável desordem de baldes, jarros, ferramentas de todos os tipos e vasos de flores vazios.

Ela prometeu a si mesma arrumar todos aqueles objetos que ainda anteontem foram apoiados às pressas contra as paredes da vidraça por Jacques e Germain. A luz não passava tão bem quanto deveria para que suas plantas enxertadas pegassem, suas mudas crescessem e suas flores exóticas sobrevivessem até o próximo inverno.

Fechando a porta de vidro atrás dela, Aglaé fora se acocorar no centro da estufa como ela vira seu pai fazer, ao modo dos negros do Senegal. Aos poucos o dia passava, apagando os mistérios que ela havia atribuído às coisas. À sua esquerda, bem perto, com meio metro de altura, um pequeno móvel baixo de mogno incrustado, como uma espécie de escrivaninha em miniatura, exibia suas quatro gavetas reluzentes ao sol da manhã. Seus puxadores: quatro pequenas mãos em bronze claro nas quais apenas o dedo indicador não estava dobrado. Em seu tampo: uma espessa e larga película de cera branca. Aglaé se lembrou que era sobre essa mesinha de cabeceira que queimavam as últimas velas iluminando o leito de agonia do seu pai.

De repente, por um jogo de reflexos de sombra e luz, pensou ter visto, escavado na madeira da fachada de uma das gavetas, logo abaixo de um puxador, uma espécie de desenho em relevo. Ela inclinou a cabeça para vê-lo melhor. Conforme mostrado pela ponta do dedo indicador estendido do puxador, ela reconheceu uma flor. Provavelmente esculpida com sovela na madeira de jacarandá, uma flor de hibisco, quase fechada sobre si mesma, deixava escapar um longo pistilo coroado por alguns filetes de pólen em forma de grãos de arroz.

Ela abriu a gaveta do hibisco e encontrou ali o mesmo colar de contas de vidro brancas e azuis, o pedaço de tecido *indienne* e o luís de ouro que já havia visto de relance nos dias anteriores. Mas, depois de puxar na sequência as três outras gavetas, pareceu-lhe que aquela que apresentava a marca da flor era menos profunda do que as outras. Tentou retirá-la do seu compartimento sem sucesso e, inspirada por uma repentina intuição, quase involuntariamente ela pressionou o ponto preciso da parte frontal da gaveta onde estava esculpido o hibisco. Então pensou ter sentido um pequeno clique sob seu dedo indicador, como se, por um jogo sutil de pequenas molas, um mecanismo secreto tivesse sido acionado. De fato, a parte frontal da gaveta se abaixara de um só vez, revelando, a um terço de sua altura, uma pequena prateleira sobre a qual se podia ver a lombada arredondada de um livro em couro marroquino[6] vermelho-escuro. O fundo duplo da gaveta fora tão hermeticamente fechado que o couro marroquino não estava coberto de poeira.

Saindo de sua posição acocorada, ela se sentou no chão da estufa. Não ousava abrir o couro marroquino vermelho, tão indecisa quanto a flor de hibisco esculpida na frente da gaveta secreta. Ele se fechava ao cair da noite ou se abria ao raiar do dia? Aglaé desamarrou lentamente a fita preta que fechava o livro e, na primeira página de um caderno de folhas grandes, descobriu uma flor seca. Pelos filamentos delgados, laranja intenso, incrustados na filigrana do papel espesso, ela julgou que, viva, a flor devia ter sido vermelho escarlate. Uma constelação de pontos amarelo-açafrão que a coroava revelava um resto de pólen separado do pistilo.

---

6 Em francês, *maroquin*: couro de cabra, originário do Marrocos, utilizado para a confecção de diversos artigos, inclusive encadernação de livros mais refinados por ser muito resistente e ter uma textura agradável. [N.T.]

Aglaé reconheceu na folha seguinte, quase sem espaço para as margens, a escrita fina, apertada e regular de seu pai.

Esses cadernos lhe eram destinados? Aglaé tinha a impressão de que não os encontrara por acaso, de que eles a esperavam havia alguns meses naquela gaveta de fundo duplo. Mas por que seu pai correra o risco de ela não os descobrir? Por que ele colocara tantos obstáculos materiais à leitura daqueles cadernos? Se ela nunca tivesse desejado receber em Balaine todos aqueles objetos legados por ele, se não tivesse questionado cada um deles para desvendar seus mistérios, o livro de couro marroquino vermelho teria se perdido para sempre dela. Descobrir aquelas folhas manuscritas talvez fosse descobrir um Michel Adanson escondido, íntimo, que ela nunca teria conhecido de outro modo.

Aglaé hesitava. Ela não estava certa de querer saber. As primeiras palavras que leu a desarmaram.

X

Para Aglaé, minha filha bem-amada
8 de julho de 1806

Eu desabei como uma árvore corroída por cupins desde o interior. Não falo apenas do desabamento físico que você testemunhou nos últimos meses da minha vida. Bem antes de o meu fêmur se romper espontaneamente, outra coisa se quebrara em mim. Não sei em qual momento preciso: você descobrirá as circunstâncias se aceitar a leitura dos meus cadernos. Quando todas as telas que eu havia erguido em torno das minhas lembranças mais dolorosas caíram, entendi que eu devia te contar o que me aconteceu de fato no Senegal. Eu tinha apenas vinte e três anos quando fui para lá. Minha história não é aquela que você leu na publicação do meu relato de viagem: quero agora te contar sobre minha juventude, sobre meus primeiros remorsos e das minhas últimas esperanças. Adoraria que meu pai tivesse me contado sua vida, sem vergonha e sem pudor, como eu faço para você.

Eu te devo a verdade por esperar que você realize minhas últimas verdadeiras vontades. Não estou certo de ter mensurado todas as consequências práticas. A você, minha querida Aglaé, de lhes dar corpo, de reinventá-las no momento em que você encarar a pessoa que te peço para encontrar por mim. Tudo dependerá, sem dúvida, da leitura dos meus primeiros cadernos...

Eu te poupo do fardo da publicação do meu *Orbe universel*. Você se perderá sem volta em meus rascunhos. O fio de Ariadne que eu pensava ter encontrado para percorrer a natureza sem me perder não existe. Deixei a tarefa de publicar excertos do meu método à sua mãe, persuadido de que esse projeto fracassará. Jeanne não sofrerá com isso, ela sabe como eu que a edição dos meus livros sempre foi uma causa perdida. Eu sou um ramo cortado da botânica. Foi Linné quem ganhou a partida. Ele ficará para a posteridade, eu não. Eu não guardo nenhum rancor. Acabei compreendendo, e sinto que você também pressentiu ao me visitar nos últimos tempos, que minha sede de reconhecimento, minhas ambições acadêmicas e meu projeto enciclopédico não passavam de artifícios. Artifícios criados por minha mente para me preservar de um terrível sofrimento nascido durante a minha viagem no Senegal. Eu o enterrei tão logo voltei à França, bem antes de você nascer, mas ele não estava morto, muito longe disso.

Não se trata de te fazer carregar uma parte do meu sentimento de culpa, mas de te deixar conhecer o homem que eu sou. Qual outra herança útil para suas vidas podem os filhos esperarem de seus pais? Pelo menos essa é a única que me parece ter valor. No momento em que escrevo essas linhas, eu confesso meu medo de me desnudar diante de você. Não que eu tenha medo de você rir de mim como fez Cam com seu pai

Noé quando ele o surpreendeu adormecido no chão exibindo, sob o olhar de seus filhos, sua nudez, depois de uma noite de bebedeira. Eu só temo que, filha do seu tempo, prisioneira dos imponderáveis da vida, tão insensível aos outros quanto eu mesmo fui durante parte da minha existência, você nunca encontre meus cadernos secretos. Eu temo a sua indiferença.

Para ler estas páginas, você precisou concordar em guardar meus pobres móveis de herança pela simples razão de eles terem me pertencido. Se agora você me lê, é porque procurou minha vida escondida e a encontrou, porque se preocupava um pouco comigo. Amar é também compartilhar a lembrança de uma história em comum. Eu me esforcei pouco para encontrar momentos em que ela pudesse vir à tona enquanto ainda era criança, e depois uma garota. Eu a ofereço a você agora que se tornou uma mulher e que a morte terá me roubado do seu olhar e do seu julgamento. Eu estava ocupado demais fugindo de mim mesmo para te dedicar tempo e agora me arrependo. Mas talvez a escassez de nossas memórias comuns tenha sido o preço... Mero consolo.

Se você me lê, é porque não me enganei ao pensar que você dava importância aos nossos passeios regulares no Jardin du Roi quando ainda era uma garotinha. Eu me lembrei do seu primeiro encantamento diante da capacidade que a flor de hibisco tem, qualquer que seja sua variedade, e Deus sabe como elas são muitas, de se fechar e se abrir de acordo com a alternância do dia e da noite. Talvez você se lembre de ter me perguntado se era o modo próprio dessa flor de fechar os olhos, como nós, à noite. Para manter viva sua poesia no mundo, respondi: "Não, ela não tem pálpebras, adormece de olhos abertos". Você se lembra de ter apelidado os hibiscos, desde aquele dia e por um certo tempo, de "flores sem pálpebras"?

Portanto, você não se surpreenderá que eu tenha escolhido o hibisco como nossa marca de reconhecimento. Eu o esculpi na parte frontal do meu pequeno móvel de cabeceira para te indicar onde se situava o mecanismo de abertura da gaveta de fundo duplo, onde meus cadernos te esperarão. O hibisco é a chave do meu segredo e, se você a encontrou, é porque eu soube te fazer amar as poucas horas que passamos juntos contemplando essa maravilha da natureza.

Eu espero com todo o meu ser que um dia você leia essas linhas que abrem o relato da minha viagem sem nome. Eu deixo a você a tarefa de dar-lhe um título. Leia-o com indulgência. Desejo que você encontre nele material para te aliviar do peso inútil comumente atribuído à vida pela maioria dos homens e das mulheres, como se ela já não fosse suficientemente pesada: o dos preconceitos.

Michel Adanson

Aglaé ergueu os olhos do couro marroquino vermelho. A estufa estava banhada de plena luz: as três "rãs da civilidade" do seu pai estavam assustadoramente visíveis em seus potes de formol alinhados na prateleira à sua frente. Ela sentia calor e suas pernas estavam dormentes. Era provavelmente quase nove horas, e ela tinha muito o que fazer antes que Pierre-Hubert Descotils, o jovem arquiteto, viesse ainda à tarde para submeter-lhe os planejamentos revisados do castelo. Ele anunciara sua vinda por um bilhete.

Ela também não queria que Violette, a cozinheira, e Germain, o jardineiro, que ela havia contratado para servir-lhe na última festa de São João, a surpreendessem assim abandonada na estufa, sentada no chão, o queixo trêmulo como o de uma garotinha à beira das lágrimas.

XI

Ao cair da noite, ela mandara Germain instalar, perto de sua cama, o pequeno móvel do hibisco onde ela havia posto uma pequena lâmpada a óleo com um abajur em vidro gravado. Uma vez deitada, as costas apoiadas em dois travesseiros bordados com as iniciais de sua mãe, as pernas cobertas por um pesado edredom em cetim amarelo dourado, Aglaé começou a ler os cadernos de Michel Adanson. A luz vacilante de uma pequena chama lhe lembrava, pelo reflexo amarelo pálido da sua dança sobre as folhas que ela passava lentamente, aquela que banhara os últimos momentos do seu pai.

*

Eu deixei Paris para ir à ilha de Saint-Louis, no Senegal, aos vinte e três anos de idade. Como alguns na poesia ou outros nas finanças ou na política, eu queria fazer meu nome na ciência botânica. Mas, por uma razão da qual não desconfiava, apesar da sua evidência, não aconteceu o que eu previra. Fiz essa viagem ao Senegal para descobrir plantas e foram pessoas que encontrei lá.

Nós somos os frutos de nossa educação e, como todos aqueles que me descreveram a ordem do mundo, acreditei de boa-fé que o que me explicaram sobre a selvageria dos negros era verdade. Por que eu duvidaria da palavra de mestres que eu respeitava, sendo eles próprios herdeiros de mestres que lhes asseguraram que os negros eram incultos e cruéis?

A religião católica, da qual quase me tornei um servo, ensina que os negros são naturalmente escravos. Todavia, se os negros são escravos, eu sei perfeitamente que não o são por um decreto divino, mas porque convém pensar assim para continuar a vendê-los sem remorso.

Então eu parti ao Senegal em busca das plantas, flores, conchas e árvores que nenhum outro douto europeu havia descrito até o momento, e lá encontrei sofrimentos. Os habitantes do Senegal não são menos desconhecidos para nós do que a natureza que os cerca. Porém, acreditamos conhecê-los o suficiente para supor que eles nos são naturalmente inferiores. Seria porque eles nos pareceram pobres na primeira vez que nós os encontramos, há quase três séculos? Seria porque eles não sentiram a necessidade, como nós, de construir palácios de pedra resistentes ao fluxo das gerações que passam? Nós podemos julgá-los inferiores por não terem construído navios transatlânticos? Talvez essas razões expliquem por que não os consideramos nossos iguais, mas cada uma delas é falsa.

Nós sempre trazemos o desconhecido para o conhecido. Se eles não erigiram palácios de pedra, talvez seja porque não acharam que fossem úteis. Nós buscamos saber se eles dispunham de outros meios diferentes dos nossos para comprovar a magnificência de seus antigos reis? Os palácios, os castelos, as catedrais que exaltamos na Europa são o tributo pago aos ricos por centenas de gerações de pobres pessoas cujos casebres ninguém se preocupou em conservar.

Os monumentos históricos dos negros do Senegal encontram-se em suas narrativas, em seus causos bem-humorados, em seus contos transmitidos de uma geração à outra por seus historiadores cantores, os *griots*. As palavras dos *griots*, que podem ser esculpidas tanto quanto as mais belas pedras de nossos palácios, são seus monumentos de eternidade monárquica.

Que os negros não tenham construído navios para virem nos reduzir à escravidão e se apropriar de nossas terras na Europa também não me parece ser uma prova de inferioridade, mas de sabedoria. Como se vangloriar de ter concebido esses navios que os transportam em milhões para as Américas em nome do nosso gosto insaciável pelo açúcar? Os negros não tomam a avidez por virtude, como nós fazemos, e sem mesmo pensar sobre isso, tanto que consideramos nossas ações naturais. Eles também não pensam, como Descartes nos convenceu a fazer, que devemos nos tornar mestres e possuidores de toda a natureza.

Eu tomei consciência de nossas diferentes visões do mundo, sem, no entanto, encontrar nisso uma razão para desprezá-los. Se tivesse querido se dar ao trabalho de conhecer de fato os africanos, mais de um viajante europeu na África deveria ter feito como eu. Eu simplesmente aprendi uma de suas línguas. E quando conheci suficientemente o wolof para compreendê-lo sem hesitação, tive o sentimento de descobrir pouco a pouco uma paisagem magnífica que, grosseiramente reproduzida pelo mau pintor de um cenário de teatro, fora habilmente substituída pelo original.

A língua wolof, falada pelos negros do Senegal, vale tanto quanto a nossa. Nela eles acomodam todos os tesouros de sua humanidade: a crença na hospitalidade, a fraternidade, suas poesias, sua história, seus conhecimentos de plantas, seus provérbios e sua filosofia de mundo. Sua língua foi a chave que me permitiu compreender que os negros cultivaram outras riquezas para além daquelas que perseguimos empoleirados em nossos navios. Essas riquezas são imateriais. Mas, ao escrever isso, não quero dizer que os negros do Senegal são feitos de um modo diferente de toda a humanidade. Eles não são menos homens do que nós. Como todos os seres humanos, seus corações e espíritos podem ter sede de glória e riqueza. Entre eles também há seres gananciosos prestes a se enriquecer às custas dos outros, a pilhar, massacrar por ouro. Penso em seus reis que, como os nossos, até o nosso imperador Napoleão Primeiro, não hesitam em favorecer a escravidão para ganhar poder ou se manter nele.

Meu primeiro mestre de línguas se chamava Madièye. Era um homem de seus quarenta anos que havia sido intérprete de muitos diretores gerais da Concessão do Senegal. Madièye, que falava muito bem o francês corrente, não sabia traduzir para mim os termos de botânica dos quais apenas alguns iniciados, tanto homens como mulheres, conheciam as propriedades medicinais. Então eu logo o dispensei, confiando muito mais em Ndiak, que tinha doze anos de idade na primeira vez que eu o encontrei, e a quem eu ensinava noções de botânica para que ele me ajudasse efetivamente quando eu questionasse, em wolof, as pessoas especialistas nessa ciência.

Estoupan de la Brüe, o diretor geral da Concessão do Senegal, me dera Ndiak do rei do Waalo, com quem ele negociava.

Ndiak era meu passaporte no Senegal. Em sua companhia e também na de alguns homens armados fornecidos pelo mesmo rei, nada de desagradável poderia me acontecer. Ndiak me ensinara que ele era príncipe, mas que jamais se tornaria rei do Waalo. Foi porque ele não era nada na ordem de sucessão do reino do Waalo que seu pai aceitara que Ndiak deixasse sua corte, em Nder, para me acompanhar a pedido do senhor de la Brüe. Apenas os sobrinhos maternos do rei podiam se tornar reis do Senegal. Foi isso que Ndiak me explicou, durante nosso primeiro encontro, de um jeito todo próprio:

– Quando uma criança nasce de uma rainha, só podemos ter uma certeza: pelo menos uma metade de sangue real corre em suas veias. Sempre reconhecemos as manchas da mãe em um bebê pantera, raramente as do pai.

Como todas as vezes que ele fazia uma graça, Ndiak tinha o cuidado de não esboçar um sorriso, mas de pôr em seu rosto uma máscara de impassibilidade que ele conseguia manter apesar de sua enorme vontade de cair na risada. Apenas suas pálpebras o traíam, piscando juntas quando ele estava prestes a expressar um pensamento jocoso, e talvez também um pouco os cantos de seus lábios, que se crispavam levemente. Ndiak era um grande inventor de provérbios espontâneos e todos aqueles que se aproximavam dele não podiam deixar de amá-lo.

Ndiak sempre me dizia que ele se parecia mais com a sua mãe. Ela era a mais nobre e a mais bela mulher de todo o reino do Waalo, quiçá do mundo inteiro, e, como ele herdara sua beleza, era naturalmente o mais belo jovem que eu vi na minha vida. Seus traços eram de uma regularidade e de uma simetria inacreditáveis, como se a natureza tivesse calculado as proporções do seu rosto servindo-se da mesma proporção áurea que o escultor Apolo de Belvedere. Eu simplesmente balançava a cabeça e sorria quando Ndiak fazia suas fanfarrices, o que o encorajava a dizer, sem rir, a quem quisesse ouvir: "Veja você, mesmo esse *toubab*[7] de Adanson que viu mais países do que todos nós juntos contando as cinco gerações dos seus ascendentes, você que me olha com seus olhos redondos de negro, mesmo Adanson reconhece que eu sou o mais belo dos belos".

Eu tolerava sua arrogância porque havia compreendido que ele brincava com isso para ultrapassar a relutância em me falar sobre um grande número de pessoas muito doutas em botânica. Todos os brancos suscitavam desconfiança, especialmente eu, que fazia perguntas sobre assuntos incomuns. Ndiak era um facilitador de confidências dotado de uma memória prodigiosa. E graças a ele eu pude aprender uma grande quantidade de costumes que os funcionários da Concessão do Senegal, inclusive seu diretor Estoupan de la Brüe, certamente se beneficiariam em conhecer caso quisessem expandir um pouco mais os lucros do comércio com os diferentes reinos do Senegal.

---

7   Na África Ocidental, *toubab* é uma pessoa de pele branca. [N.T.]

XII

Ouvi falar pela primeira vez da "retornada" um pouco mais de dois anos após minha chegada no Senegal.

Foi numa noite, quando eu estava no vilarejo de Sor, a cerca de uma hora de caminhada da ilha de Saint-Louis. Ndiak e eu havíamos deixado o forte ao nascer do sol, na intenção de herborizar antes de encontrar aquele vilarejo cujo acesso a partir do rio era extremamente difícil. Encoberto por árvores espinhosas, bloqueado por mato, mal visível, o caminho que levava a Sor me parecia indigno da sua proximidade com a ilha de Saint-Louis, onde, na época da minha viagem ao Senegal, viviam ao redor do forte do Diretor Geral da Concessão pouco mais de três mil habitantes, negros, brancos e mestiços. A falta de cuidado com a manutenção de um caminho que deveria ter multiplicado as trocas e os lucros comerciais entre a ilha de Saint-Louis e o vilarejo de Sor, por sua vez, com uma população aproximada de trezentos habitantes, me parecia uma prova da negligência dos negros. Mas na mesma noite percebi o meu erro.

Baba Seck, o chefe do vilarejo de Sor, para quem eu havia mencionado diversas vezes os incovenientes do caminho que levava à sua casa, sempre se contentara em me responder sorrindo que, se fosse do agrado de Deus, o dia em que Sor seria mais acessível chegaria em breve. Ainda que sua resposta não me conviesse, eu não insistia, pois sentia amizade por Baba Seck, que me provara diversas vezes sua sabedoria e abertura de espírito. Ele era um homem de uns cinquenta anos, alto, corpulento, afável e com uma autoridade natural sobre seus aldeões, seus súditos, reforçada por sua eloquência.

Foram suas palavras que me salvaram, durante uma das minhas primeiras visitas à aldeia, quando eu me autorizei a matar, em plena assembleia, uma cobra sagrada, uma víbora, que se aproximava perigosamente da minha coxa direita enquanto eu estava sentado com as pernas cruzadas em um tapete trançado de junco. Com uma frase, Baba Seck parara o bastão que Galaye Seck, seu filho mais velho, ia tacar em minha cabeça. Com outra frase, ele silenciara os gritos da audiência enquanto recolhia o cadáver da cobra, que havia colocado prontamente em um dos grandes bolsos da sua veste. Então eu me contentava com sua resposta evasiva, até a noite em que entendi que a história da "retornada" que ele nos contava era uma resposta à minha crítica.

Em quase todas os povoados que visitei no Senegal, vi erguidos grandes tablados quadrados, elevados a quase três pés acima do chão e sustentados nos quatro cantos por sólidos galhos de acácia. Acolhendo no máximo uma dezena de pessoas, sentadas ou deitadas, esses tablados, com a superfície constituída de galhos cruzados cobertos por várias camadas de tapete de junco trançado, são refúgios ao ar livre.

Não contra os mosquitos, que invadem tudo, mas para fugir do calor tórrido que reina no interior das cabanas durante as noites mais quentes do ano, do mês de junho ao mês de outubro. É lá, sob o céu estrelado, cujas constelações, todas, os negros conhecem tão bem quanto nós, que eles se refrescam, sem se afetar pelas picadas dos mosquitos, conversando durante parte da noite antes de se entregarem ao sono. Revezando-se para contar pequenos contos e anedotas curtas, ou ainda rivalizando em longas batalhas verbais, os aldeões podem também se lançar em longas histórias mais sérias. E foi uma dessas histórias de suspender o riso, a da "retornada", que Baba Seck, com o olhar elevado em direção às estrelas, endereçou a mim enquanto parecia contá-la a todo o grupo:

– Das últimas notícias que tive, minha sobrinha, Maram Seck, soube voltar de uma terra impossível. E se aquele lugar não é a morte, é sem dúvida contíguo ao inferno. Ela foi sequestrada há três anos pelo caminho que você faz para chegar em Sor, Michel, quando você vem da ilha de Saint-Louis. Não era necessário se valer de um facão para forçar a passagem. Ninguém precisava rastejar sob arbustos, não havia espinhos para esfolar a pele. Depois que Maram foi sequestrada, não sabemos por quem, deixamos que esse caminho se fechasse atrás dela. Nós o abandonamos ao mato que nos protege dos ladrões de criança e dos fazedores de escravos.

"Maram era como você, Michel, ela adorava a solidão. Desde pequenina, conversava com as plantas e os animais. Conhecia os segredos da mata e nós não entendemos como ela, que nos ouvia chegar de longe, que sabia ler os sinais, pôde se deixar surpreender. Eu, Baba Seck, chefe do vilarejo de Sor, o irmão mais velho da sua mãe, sua única família desde que os pais desapareceram, corri para procurá-la em Saint-Louis. Perguntei aos *laptots*, que vão pescar no rio desde a madrugada, às lavadeiras e até às crianças de Saint-Louis que brincam todos os dias na beira da água. Visitei a prisão do forte, interroguei os guardas do forte. Nenhum deles havia visto Maram.

"Eu estava pronto para comprá-la de volta, prestes a me vender para aqueles que a capturaram, mas os sequestradores haviam desaparecido sem que soubéssemos quem eram ou de onde vieram. É possível que tenham fugido para o sul sem passar por nenhum dos povoados que nos são próximos, pois, apesar dos mensageiros que enviamos naquela direção, nenhum traço de Maram. Foi assim que, três meses após seu desaparecimento, depois de termos percorrido a mata em todas as direções ao redor do vilarejo para termos a certeza de que ela não fora sequestrada por um djin apaixonado por ela que teria assumido a forma de uma besta selvagem, nós organizamos seu funeral. Eu, Baba Seck, que deveria tê-la casado com um homem jovem e vivaz quando chegasse a hora, decidi, já que havia partido sem poder se despedir de nós, que ela se casaria com a morte. Nós choramos por ela, depois cantamos e dançamos por dois dias seguidos, de acordo com nosso costume, para que ela encontre a serenidade após a violência sofrida e para que nos deixe em paz, onde quer que esteja, entre os vivos ou entre os mortos.

"Deus é testemunha de que não houve um só dia, desde então, em que não tenha pensado na minha sobrinha Maram Seck. Eis o porquê de termos decido fechar atrás dela o caminho para Saint-Louis, que abandonamos ao matagal. É um tributo de inação que lhe pagamos para que ela nos defenda dos ladrões de criança e dos fazedores de escravos."

Baba Seck se calou e, como todos aqueles que haviam conhecido Maram Seck e que pensavam nela, eu refleti sobre o que acabara de ouvir. Por quem ela poderia ter sido sequestrada? Cavaleiros mouros vindos da margem direita do rio teriam sido vistos naquela altura, assim como aqueles guerreiros saqueadores recompensados pelos reis negros para invadir seus próprios povoados e vender aos europeus escravos sequestrados. Baba Seck se dirigira às pessoas certas na ilha de Saint-Louis? Mentiram para ele?

Nós elevamos o olhar em direção às estrelas, em uníssono com Baba Seck, que não parara de olhar o céu durante toda a sua história, como se nas constelações se pudesse ler os destinos das mulheres e dos homens da nossa Terra, e encontrar repostas para suas perguntas minúsculas diante da imensidão do Universo.

Então pensei, contemplando o céu da África, que não éramos nada, ou éramos tão pouco, no Universo. Precisamos estar um pouco desesperados por sua vastidão insondável para imaginarmos que a menor de nossas ações, boa ou má, é avaliada por um Deus vingativo. Esse pensamento me atravessou o espírito um pouco sob a mesma forma daquele que você me descreveu, minha querida Aglaé, em uma das suas recentes visitas à minha casa, na rua da Vitória. Sob as estrelas do povoado de Sor, escutando a história do desaparecimento misterioso de Maram contada por seu tio Baba Seck, tive a súbita intuição de que nunca teria o suficiente em toda a minha vida para compreender um milionésimo dos mistérios da nossa Terra. Mas, longe de me afligir, a ideia de que eu não era mais importante do que um grão de areia no deserto ou do que uma gota de água no oceano me entusiasmava. Meu espírito tinha o poder de situar meu lugar, por mais ínfimo que ele fosse, nessas imensidões. A consciência dos meus limites me abria para o infinito. Eu era uma poeira pensante capaz de intuições sem contornos, com as dimensões do Universo.

Após alguns instantes de reflexão, Baba Seck retomou sua história, que era desconhecida apenas para mim e Ndiak, mas aqueles que a conheciam escutavam atentamente:

– Por três anos não pensamos mais em Maram. Nós havíamos lhe prestado as últimas homenagens com uma dor proporcional à nossa ignorância do seu destino. Mas numa bela manhã, há apenas um mês, um homem surgiu da mata como você, perseverante o suficiente para traçar seu próprio caminho até nós, indiferente aos espinhos, aos arbustos cortantes e ao matagal que nos protegem. Esse homem, que é de uma etnia Serer, chama-se Senghane Faye e diz ser o mensageiro de Maram que se refugiou em Ben, um povoado do Cabo Verde não muito longe da ilha de Gorée. Ela voltara viva do além-mar, daquele país de onde os escravos nunca voltam. Maram queria saber se o seu funeral havia sido feito. Se sim, ela nunca mais voltaria a Sor e implorava que, sobretudo, ninguém tentasse vê-la novamente, caso contrário um grande infortúnio recairia sobre nosso povoado.

"Questionamos Senghane Faye, o enviado de Maram, mas ele não disse mais nada sobre ela, nem sobre as razões pelas quais ela o escolhera como mensageiro. Nós chegamos mesmo a lhe suplicar que nos contasse em detalhes o destino atual da nossa filha, Senghane Faye permaneceu mudo. Alguns, entre os quais meu filho mais velho, e eu os compreendo, se espantaram com essa atitude, a ponto de duvidar da veracidade daquela história. Por que ele não disse mais? Ele seria um impostor que, tendo sabido por acaso da história do desaparecimento de Maram Seck, quis tirar algum proveito disso? Mas qual proveito ele poderia obter com essa mensagem? Contar aos seus próximos que uma pessoa está viva enquanto ela já não está, não seria isso um ato de crueldade inominável?

"Eu havia tomado a decisão de levá-lo sob boa escolta diante do *kady* de Ndiébène, o representante do rei, para que ele julgasse o caso, mas na manhã seguinte à sua chegada, Senghane Faye, se é esse o seu nome verdadeiro, havia desaparecido, um pouco como Maram, sem deixar vestígios. Desde o seu desaparecimento, não sabemos o que pensar daquele homem e de suas palavras sobre Maram. Mas há uma coisa de que temos certeza: suas palavras ressuscitaram em nossos pensamentos e em nossos corações a esperança de que Maram esteja realmente viva."

XIII

– ... Voltar para nós, no Senegal, da escravidão dos brancos da América? Tão impossível quanto fazer crescer em um circuncidado o seu prepúcio!

Ndiak, naquela época com quinze anos, não deixara de brincar com a história da retornada no nosso caminho de volta à ilha de Saint-Louis. Tudo havia sido inventado por Baba Seck. Os aldeões deviam estar se divertindo às minhas custas: Michel Adanson, o *toubab* que havia engolido todas essas elucubrações. Eu me tornaria uma lenda.

– Ah! Ele é genial, esse Baba Seck! Ele poderia jurar que um pedaço da Lua caiu perto do seu vilarejo e você acreditaria. Mas é verdade que ele fala bem.

Eu pressentira que Ndiak estava tão curioso quanto eu para conhecer o destino da retornada quando lhe anunciei meu desejo de partir à sua procura no Cabo Verde. Eu conhecia a severidade da escravidão dos negros nas Antilhas e nas Américas e me perguntava como a história de Maram podia ser possível. Se era comum ver colonos das Antilhas voltarem temporariamente à metrópole acompanhados de alguns de seus escravos negros para formá-los nos ofícios de tanoeiro, carpinteiro ou ferreiro, nunca se viu escravos reaparecerem na África, menos ainda em seu povoado natal.

Eu sabia, apesar dos nove anos que nos separavam, que compartilhávamos, Ndiak e eu, o entusiasmo da juventude pela aventura. Por um lado, Ndiak exagerava sua incredulidade para me estimular a realizar meu projeto de ir ao povoado de Ben verificar a existência da retornada, apesar das dificuldades que ele apresentava. Por outro, Ndiak, que adorava ter sempre razão, como os jovens da sua idade, preparava uma saída para o caso de descobrirmos, no próprio local, que a história da retornada era uma invenção. Mas nosso desejo mais ou menos confesso de verificar a existência da retornada era contrariado por grandes dificuldades. A principal era que eu tinha acabado de voltar de uma viagem ao Cabo Verde e que ficara combinado que não voltaria àquela região do Senegal antes de regressar à França. O Diretor Geral da Concessão, Estoupan de la Brüe, que não tinha nenhuma consideração pelas minhas pesquisas de botânico, nunca aceitaria comprometer recursos e homens para me acompanhar em uma viagem sem propósito digno aos seus olhos.

Ele e seu irmão, o senhor de Saint-Jean, governador de Gorée, ilha dos escravos, não gostavam de mim. Eu os fiz entender que, para mim, estava fora de questão desempenhar um trabalho administrativo para a Concessão. Eles esperaram que eu tomasse essa decisão, como uma compensação pelas despesas que tiveram com minhas pesquisas, quando um de seus funcionários, entre os mais eficientes, morrera de uma febre alta durante uma missão no interior do Senegal. Mas eu não tinha a intenção de percorrer todos os entrepostos comerciais do rio para negociar marfim, goma arábica ou escravos em troca de armas e pólvora. Eu era botânico, aspirante a acadêmico, não funcionário.

Como então explicar-lhes que eu queria partir em busca de uma negra, supostamente retornada das Américas após três anos de escravidão, com base na história de um chefe de vilarejo negro? Os dois irmãos, igualmente interessados no meu retorno à França, ririam na minha cara. Eles se apressariam para relatar aos meus protetores que eu estava prejudicando a Concessão do Senegal e me acusariam de tentar arruinar o seu principal comércio: o dos escravos. Se a história da retornada fosse verídica, e se eu a divulgasse, o senhor de la Brüe e o senhor de Saint-Jean afirmariam que eu estava dificultando os negócios da Companhia do Rei, que naquela época ganhava em média, por ano, de três a quatro milhões de libras graças à escravidão.

Sabendo do meu desentendimento com esses dois senhores da Concessão, e presumindo o meu impasse, Ndiak, que escondia muito mal sua grande vontade de descobrir a verdade sobre a história da retornada, sugeriu-me um plano de ação quase dissimulando-o sob uma fachada de ingenuidade. Eu me lembro muito bem, ainda hoje, do seu discurso. E ele se segurava para não rir da sua própria impertinência.

– Adanson, a princípio não são as crianças que dão conselho aos adultos, mas nesse caso eu não posso deixar de te dar um conselho. Se por acaso te bater uma vontade louca de ir verificar no próprio local a história da retornada, diga ao senhor de la Brüe, por exemplo, que você ouviu falar de uma nova espécie de índigo de altíssima qualidade que dá no Cabo Verde. Diga-lhe que seria muito vantajoso para a Concessão se você fosse pessoalmente lá para estudá-lo e colher algumas espécies. Por que não alegar o dever de observar *in loco* os procedimentos de tingimento usados pelos negros daquela região do Senegal? Adanson, esse estratagema é muito simples e me surpreende que você, com toda a sua ciência, não tenha pensado nisso sozinho!

Eu estava acostumado às tentativas de Ndiak de me irritar. Ele conseguira uma vez e logo depois me confessara, com um semblante de felicidade, que sentira um prazer enorme em me ver com o olhar fulminante e, principalmente, com as bochechas e orelhas de um vermelho escarlate. Em seguida ele me apelidara de *Khonk Nop*, Orelha vermelha, por um tempo. Então me forcei a só responder suas pilhérias com sorrisos, para não lhe dar de novo a alegria sarcástica de me fazer corar. Mas, embora sua impertinência tenha me gerado uma indisposição em relação a ele, não fui contra o seu estratagema, que admiti achar concebível, para sua grande satisfação.

Durante a reunião que tive, alguns dias depois, com Estoupan de la Brüe em seu escritório no forte de Saint-Louis, para convencê-lo a me deixar voltar ao Cabo Verde, acrescentei um novo argumento àqueles que Ndiak me havia sugerido, e eu já exultava com a ideia de anunciá-lo ao meu jovem companheiro, para irritá-lo: nós iríamos de Saint-Louis até o povoado de Ben, no Cabo Verde, a pé e não de barco.

De sua parte, o senhor de la Brüe me sugeriu que seria muito útil à Concessão do Senegal recolher dados recentes sobre o povoado de Meckhé onde às vezes o rei do Kayor se instalava com sua comitiva quando queria negociar pessoalmente escravos não muito longe da costa atlântica. Aquele grande povoado fortificado, um pouco no interior, estava quase a meio caminho entre Saint-Louis e a península do

Cabo Verde, e seria bom se eu parasse por lá. Eu aceitei e o senhor de la Brüe anunciou, ao fim de nossa reunião, que ele me concederia sem demora uma escolta de seis homens armados e de dois carregadores até o Cabo Verde.

– Se você precisar de algo mais quando estiver por lá, vá ver, da minha parte, meu irmão, o senhor de Saint-Jean, na ilha de Gorée.

O senhor de la Brüe era um homem pragmático que poderia se tornar o que quisesse na Companhia das Índias, da qual a Concessão do Senegal dependia, se ele convencesse seus principais acionistas de sua capacidade de trazer-lhes grandes somas de dinheiro recrudescendo o comércio de escravos. Quando o encontrei, no final do mês de agosto de 1752, ele previra que em breve eu retornaria à França, e sem dúvida lhe pareceu necessário salvar as aparências das nossas relações, que até então haviam sido execráveis.

Ele mesmo havia acabado de voltar de uma estada de quase dois anos na França, onde fora chamado para resolver negócios de família. Seu tio-avô, Liliot-Antoine David, governador geral da Companhia das Índias, a quem meu pai havia se dirigido para favorecer minha viagem ao Senegal, deve ter deixado entender ao sobrinho que ele poderia nomeá-lo como seu sucessor. De fato, o senhor de la Brüe não era mais o mesmo desde seu retorno de Paris.

Se antes ele não escondia nem de mim nem dos funcionários da Concessão do Senegal o seu gosto pela libertinagem, doravante se preocupava em dissimulá-lo o máximo possível. A trupe de "infelizes prostitutas" que o escoltava sempre, mesmo quando ele visitava por via marítima todos os entrepostos comerciais no trajeto da Concessão, do Cabo Branco à ilha Bissau, havia desaparecido. Ele não esbravejava mais, em alto e bom som, para divertir seus empregados, tão libertinos quanto ele, que ele visitava o interior da África de uma ponta a outra pelo menos uma vez a cada doze horas. Sua libertinagem só transparecia no seu rosto empelotado pela varíola.

Foi uma atitude calculada que levou Estoupan de la Brüe a não colocar nenhuma dificuldade para me conceder tudo o que fosse necessário à minha viagem por terra da ilha de Saint-Louis até Ben, no Cabo Verde. Até aquele momento, ele se permitira me recusar muito rudemente todas as minhas solicitações de salvo-condutos, de homens e recursos que teriam me permitido montar gabinetes improvisados para abrigar minhas experiências de cientista naturalista. Ele devia pensar agora que sua nomeação ao posto cobiçadíssimo de governador geral da Companhia das Índias seria facilitada se apresentasse provas do seu conhecimento profundo da política dos reis do Senegal, seus trunfos e suas fraquezas. E ele acreditara encontrar em mim um informante útil.

Muito feliz de vê-lo mais flexível comigo e de ter pressentido que eu poderia ter influência sobre ele, aceitei me tornar espião do senhor de la Brüe. Mas as esperanças de promoção do diretor da Concessão do Senegal foram por água abaixo cinco anos após meu retorno à França, quando o forte de Saint-Louis foi tomado pelos ingleses, como foi o de Gorée alguns meses depois.

Ndiak, que encontrei logo após minha reunião com o senhor de la Brüe, interpretou mal a felicidade que se refletia em meu rosto. Ela se devia tanto à vitória que eu achava ter conquistado sobre a avareza do diretor da Concessão, quanto à minha satisfação antecipada de ver a expressão desconsolada do meu jovem amigo quando lhe dissesse que não iríamos ao vilarejo de Ben por mar, mas a pé. E foi o que aconteceu. O sorriso de Ndiak, a quem eu dera todo o tempo do mundo de se vangloriar por ter tido a ideia de mentir para de la Brüe sobre as verdadeiras razões de nossa viagem, invocando a busca de um índigo fabuloso, se petrificou quando lhe anunciei que caminharíamos por toda a Grande Costa, provavelmente por muitas semanas. Excepcionalmente, e para meu deleite, ele não proferiu uma só palavra de protesto. Naquele momento, eu ainda ignorava que Ndiak temia por sua vida, mas não queria admitir por orgulho.

XIV

Deixamos Saint-Louis no início de 2 de setembro de 1752 e, ao contrário de Ndiak, eu estava feliz. O que publiquei em meu diário de viagem não é mentira, tenho horror a barcos devido aos enjoos contra os quais nunca pude lutar, apesar de todas as receitas que acreditei ter encontrado para superá-los. Éramos dez: Ndiak, eu, dois carregadores das minhas maletas de instrumentos, livros e roupas e seis guerreiros do reino de Waalo armados com rifles comerciais. Para mim, pouco importava que avançássemos mais lentamente do que por mar.

Seguimos pela estrada que liga Saint-Louis à península do Cabo Verde mais ou menos no interior das terras senegalesas. Teria sido mais rápido margear a Grande Costa, isto é, a longuíssima praia de areia clara que se estende de Saint-Louis ao povoado de Yoff, no sentido norte-sudoeste. Mas para satisfazer a missão de espionagem das aldeias pertencentes ao rei do Kayor, eu havia planejado cortar as estradas que levam até elas pelo leste. Estoupan de la Brüe havia nos concedido um salvo-conduto que nos garantiria uma relativa segurança neste caminho entrecortado por poços de água doce, nos quais poderíamos regularmente saciar nossa sede. Sem contar, e isso era essencial para mim, que as espécies de plantas e de animais eram mais variadas e menos conhecidas do que na frente do oceano Atlântico.

Nossa partida de Saint-Louis foi lenta. Não nos apressamos, como se quiséssemos retardar o momento do nosso hipotético encontro com a retornada. Enquanto não a víssemos, havia uma chance de ela existir. Assim, distraídos por todas as maravilhas da natureza, abundantes no Senegal, não hesitávamos, Ndiak e eu, em nos desviar de nossa rota para seguir de longe uma manada de elefantes impassíveis ou então espiar, sempre de longe, um clã de leões saciados.

Ndiak não se mostrava menos paciente do que eu. Eu o ensinara os métodos de história natural mais ou menos na idade que eu mesmo tinha quando me apaixonei por ela, com a benção do meu pai. Meu jovem amigo estava sempre chamando minha atenção para o que lhe parecia interessante que eu observasse, que desenhasse e que podia ter me escapado. Foi ele quem percebeu, no meio de uma pequena extensão de água profunda que chamamos de *marigot* e a qual margeávamos naquele momento, uma planta incrivelmente bela conhecida pelo nome de *Cadelari*. Suas folhas sob o sol reluziam como seda prateada, parecia uma pluma vegetal embriagada de água e luz. Ndiak apontou para ela, piscando com os dois olhos, esforçando-se para não rir. Ele previra que eu teria toda a dificuldade do mundo para colher aquela planta aquática que me era inacessível. Eu não sabia nadar e não queria me molhar. Paramos na margem, a planta estava a cerca de vinte toesas de nós. Supunha que o *marigot* não devia ser muito profundo e que, montado nos ombros de um de nossos carregadores, que era Bambara e media um pouco mais de seis pés de altura, eu talvez tivesse uma chance de colher minha *Cadelari*. Tirei minha sobrecasaca e meus sapatos e subi nos ombros do meu carregador, que afundou na água até o pescoço quando estávamos apenas a meio caminho da minha planta. Ele era corajoso e não parou de caminhar mesmo com a cabeça já debaixo d'água. Eu mesmo estava submerso até a metade do meu corpo quando consegui agarrar com a ponta dos dedos a *Cadelari*. Ocupado em colhê-la delicadamente, esqueci que meu Bambara, que se chamava Kélitigui, devia estar começando a ficar sem ar e pensei que a minha paixão pela *Cadelari* me levaria talvez a me afogar junto com ele. Mas Kélitigui, que era uma força da natureza, tendo provavelmente sentido pelos meus movimentos sobre seus ombros que eu estava em posse do meu tesouro, recuou lentamente em direção à margem, suavemente, como se de repente tivesse se tornado um ser anfíbio dotado de guelras. Uma vez fora d'água, colocou-me no chão como se eu fosse um pacote leve. Ele não parecia ter sido desafiado, ou ao menos, tentou não demonstrar. Para recompensá-lo, dei-lhe uma bolsa de couro que ele logo pendurou no pescoço. Ndiak já não ria com os olhos, nem pestanejava, parecia aterrorizado. Eu estava tão orgulhoso desse pequeno efeito que causei em meu jovem amigo quanto da minha planta.

Enquanto ainda não estávamos longe de Saint-Louis, mesmo após dois dias de caminhada, nos pusemos a caçar aves aquáticas. Eu abati algumas galinholas, às vezes marrecos ou patos, aves que, como nossas andorinhas da Europa, vêm se aninhar nesta parte da África para fugir no inverno. À noite, nós os assávamos, compartilhando também com nossa tropa algumas frutas selvagens que colhíamos ao longo do caminho. Eu tinha uma predileção pelos *ditakh*, frutinhas de forma arredondada cuja casca, cor de noz, um pouca mais dura do que a casca de um ovo cozido, esconde uma carne farinhenta de um verde vibrante, sustentada por um entrelaçado de fibras brancas em torno de um caroço. Quando sugado, esse caroço libera das fibras um suco de gosto adocicado e levemente ácido. Desconhecida na Europa, essa fruta, além de me alimentar, saciava minha sede, por isso mesmo eu a consumi sem reservas ao longo de nosso périplo. Às vezes, ainda hoje, me vem o gosto dos *ditakh* quando penso em minha viagem secreta ao Senegal.

Foi somente a partir de Ndiébène, primeira aldeia na Grande Costa que outrora havia pertencido ao rei de Kayor, que Ndiak e eu nos forçamos a caminhar mais regularmente.

À noite, quando não parávamos em uma aldeia, nossos carregadores montavam um acampamento seriamente protegido por nossos seis guerreiros de Waalo-Waalo, como Ndiak. Pois nossa rota era bela e apaixonante para minhas pesquisas de naturalista, mas era também perigosa. Nós logo percebemos pelo assombro dos camponeses, que corriam para se refugiar na mata quando nos aproximávamos. Ao nos verem armados com rifles, pensavam que éramos caçadores de escravos e que praticávamos o *moyäl*, a razia, como os guerreiros mercenários do rei de Kayor ou aqueles de seu vizinho mais oriental, o reino de Djolof.

Raros eram os camponeses que nos ofereciam hospitalidade. O estado de guerra perpétua que reinava à época naquele reino levava à fome em terras onde os cereais nutritivos como o painço e o sorgo davam com muita facilidade.

Mas a loucura dos reis desse país, como daqueles do mundo inteiro, não os faz perder de vista o fato de que eles têm interesse em alimentar seu povo, nem que seja para continuar reinando sobre pessoas vivas. Como Ndiak me dizia sentenciosamente sobre esse assunto, piscando com os dois olhos e com o dedo indicador da mão direita levantado:

– Os mortos não são confiáveis, não são corajosos e não pagam impostos. Portanto, eles não são de nenhum interesse para os reis.

Por isso, algumas aldeias eram poupadas das razias. Mais bem protegidas do que outras, mais prósperas, eles garantiam sua sobrevivência, assim como a das aldeias menos povoadas de sua circunscrição, cultivando uma rede de terras onde a fome não reinava. Foi em uma dessas pequenas aldeias, onde as pilhagens eram mais ou menos proibidas, que me aconteceu uma aventura que descontraiu Ndiak pela primeira vez na viagem.

Deixamos de madrugada o acampamento que havíamos armado no dia anterior, não muito longe de uma aldeia chamada Tiari, e queríamos chegar antes do meio-dia à aldeia de Lompoul, situada ao sul de uma estreita faixa de deserto que parecia ter se desligado do Saara. As mesmas dunas de areia branca ou avermelhada, a depender da força do vento e da posição do sol no céu, o mesmo medo de se perder e de morrer de fome ou de sede, embora, das margens do Atlântico até os seus limites mais orientais, sua largura não ultrapassa dois ou três léguas.

O tempo urgia. Já no amanhecer, o calor subiria em proporções extraordinárias, temidas pelos próprios negros. Precisávamos a todo custo chegar à aldeia de Lompoul antes da hora em que, como dizia Ndiak, "o sol come as sombras", ou seja, encontra-se acima de toda a existência e a queima sem piedade.

– Originariamente éramos brancos – acrescentou Ndiak. – Foi por causa desse sol na vertical do mundo que nos tornamos negros. Um dia de calor extremo, a sombra expulsa pelo sol se precipitou sobre nossas peles, era seu único refúgio.

Ao cabo de duas horas, martelada por uma chuva de luz ardente, a areia das dunas em que caminhávamos penosamente começou a ferver. Eu afundava meus pés nesse mar de fogo onde meus sapatos se enchiam de pesos mortos, tão pesados quanto àqueles que os suicidas amarram nos tornozelos para não retornarem à superfície da vida. A julgar pelo rosto de Ndiak, cujo preto começava ganhar tons avermelhados, o meu devia estar escarlate. Mas, dessa vez, Ndiak não ousava tirar sarro de mim de tanto que ele estava sofrendo, apesar de a sua pele escura, supostamente, defendê-lo das rajadas de sol. Sob meu chapéu, sentia minhas bochechas cozinharem. O suor que escorria por meu pescoço secava antes de alcançar a parte inferior da minha camisa. Mesmo ela sendo de algodão leve, eu havia tirado minha sobrecasaca, não suportando mais seu peso sobre meus ombros. Mas a coloquei de volta muito rapidamente, pois sentira que uma camada a mais de tecido me protegeria melhor das chamas que caíam do alto, diretamente sobre nós. Morríamos de sede embora não parássemos de beber água. Conservada em cantis de couro, a água aquecida não bastava para saciar nossa sede. Eu achei que tivesse encontrado uma alternativa num *ditakh*, cuja carne farinhenta eu aspirava misturando-a à minha saliva. Mas a cada vez que eu entreabria a boca, engolia baforadas de ar quente e seco que ressecavam minha língua e incendiavam o fundo da minha garganta.

Quando chegamos a Lompoul, tínhamos uma pequena sombra fiel presa aos nossos pés. O sol ainda não havia derramado sobre nossas cabeças todas as suas reservas de calor. Corremos em direção aos poços. O chefe da aldeia, que mal tínhamos cumprimentado, ordenou ao seu povo que nos ajudasse a tirar água fresca do poço. Acostumado com essas chegadas febris na saída do deserto vizinho, o velho homem nos guiou para a sombra de uma palhoça grande o suficiente para abrigar todos nós, bem como os curiosos do povoado. O frescor oferecido por aquele lugar nos pareceu tão grande que quase trememos de frio, inundados pelo fluxo de suor que transpirava por nossa pele desde que havíamos bebido uma grande quantidade de água. Já que eu não havia tirado meu chapéu para saudar o chefe de Lompoul, uma vez ao abrigo, eu o tirei sob o olhar da plateia. O meu cabelo estava encharcado de suor e a minha testa riscada com uma linha preta deixada pela tintura do meu chapéu. Ndiak, que me culpava por todos os sofrimentos acarretados por essa viagem na fornalha, caiu numa gargalhada repentina ao me ver com a cabeça descoberta:

– Adanson, você carrega sua parte de sua sombra no meio de sua testa. Se nosso trajeto pelo deserto de Lompoul tivesse sido mais longo, você teria saído de lá tão negro quanto nós.

Toda a audiência caiu na risada e eu me pus a sorrir também para não me passar por ridículo. Ndiak não tinha consciência da precisão de suas palavras quando disse que encontrou em mim uma parte de sombra. Se a sombra que me foi dada pela tintura do chapéu era apenas superficial, devo crer que ela infectou meu sangue com uma melancolia que nunca mais me deixou desde aquela infeliz viagem.

Mas eu ainda não desconfiava e, para agradecer aos nossos anfitriões pela gentil acolhida – eles também nos ofereceram cuscuz de milho regado ao leite de camelo –, decidi soltar teatralmente meu cabelo, que na época era enorme, diante de seus olhares curiosos.

Sabendo que eu estava sendo observado como o representante de uma raça não muito próxima dos negros da região, quando me sentei de pernas cruzadas sobre uma esteira, cercado por meu público, soltei a presilha de couro que amarrava meu cabelo abaixo da nuca e balancei a cabeça para espalhá-lo sobre meus ombros. Com a cabeça baixa, observava através do meu cabelo as crianças que me encaravam. Os mais jovens entre eles, que viam em mim uma besta perturbadora, pareciam, no entanto, tentados a se aproximarem de mim. Um pequenino valente, com não mais do que um ano de idade, escapou de repente dos braços de sua irmã mais velha, que gritou de angústia, mas não ousou vir buscá-lo. Nu como um bicho, um *gri-gri*[8] de couro pendurando no pescoço, depois de uma dezena de passos inseguros, o pequeno veio se agarrar em meu cabelo para não cair ao fim de sua caminhada. Se há uma nação que tem predileção pelas criancinhas, é com certeza a dos negros no Senegal. Assim, ganhei o coração de todos os aldeões quando, soltando delicadamente os punhos do bebê, que estavam agarrados a duas grandes mechas do meu cabelo, endireitei meu tronco, que estava curvado em sua direção, para jogar meu longo cabelo para trás. No mesmo impulso, sentei a criança de frente para mim, bem próxima, e de repente coloquei sua mão direita na minha para disparar as costumeiras perguntas que dois

---

8 Amuleto. [N.T.]

negros adultos fazem um ao outro quando se encontram. Eu parodiava essas saudações para fazer o público rir:

– Qual é seu sobrenome? Há algo de ruim acontecendo com você? Você vive em paz? Desejo que a paz reine em sua casa. Eu, graças a Deus, vou bem. Como vai seu pai? Como vai sua mãe? E como vão seus filhos? E sua irmã mais velha, que há pouco estava gritando aterrorizada quando você escapou dos seus braços para vir tocar meu cabelo, ela se recuperou?

Eu não levo jeito para o humor, mas entrei na brincadeira, sobretudo quando a criancinha, que me encarava e que ainda não sabia falar, balbuciava algumas sílabas num tom idêntico ao meu, como se quisesse responder de peito aberto todas as minhas perguntas.

Meu pequeno interlocutor e eu conseguimos provocar risos em todo o público ao nosso redor. E os olhares de afeto e de amizade que os aldeões me lançaram durante nossa curta estada na aldeia de Lompoul me provaram, mais uma vez, que o povo, entre os negros do Senegal, não é nem selvagem nem sanguinário, mas certamente generoso.

Hoje, que me tornei velho e escrevo essas linhas que te são destinadas, Aglaé, meu coração se aperta com a ideia de que essa criança cujo nome de repente me volta à memória, Makhou, talvez tenha sido sequestrada durante o período de conturbações que atingiram a região da aldeia de Lompoul após minha viagem ao Senegal. O que lhe disseram sobre mim, o primeiro *toubab* que ele conheceu? Seus pais e sua irmã mais velha tiveram tempo de lhe contar sobre nossa conversa disparatada? Ele ainda está hoje em meio aos seus na aldeia de Lompoul ou se tornou escravo nas Américas? Será que ele tem netos aos quais se compraz em contar, com um sorriso nos lábios, a história de nosso encontro, ou ele diz a si mesmo, preso a uma corrente e amaldiçoando a minha raça, que eu prefigurei a ruína de sua vida?

Com o passar do tempo, minha querida Aglaé, as alegrias e os sofrimentos da nossa existência se entrelaçam para adquirir esse sabor agridoce que deve ter sido aquele do fruto proibido no Jardim do Éden.

XV

Na saída da aldeia de Lompoul, não seguimos na direção sul como deveríamos ter feito para chegar mais rapidamente ao Cabo Verde, tomamos um caminho mais a leste. Quando expliquei a Ndiak que estávamos indo a Meckhé, a segunda praça-forte do reino de Kayor depois de Mboul, ele mudou de expressão sem me responder nada. Pressionei-o com perguntas e ele finalmente confessou que indo a Meckhé, eu fazia com que ele, bem como todos de nossa escolta, corressem riscos imponderáveis. Eu teria esquecido que ele era um dos filhos do rei de Waalo? Eu ignorava que seu pai, Ndiaj Aram Bocar, havia ganhado uma batalha contra o rei de Kayor na qual muitos guerreiros encontraram a morte? De fato, eu sabia que, logo antes da minha chegada ao Senegal em 1749, o rei de Kayor havia perdido na batalha contra Ndob a aldeia costeira de Ndiébène, não muito longe do forte da ilha de Saint-Louis. Mas, apesar da preocupação legítima de Ndiak, eu precisava cumprir a promessa feita ao diretor da Concessão do Senegal de colher informações sobre Meckhé, sua localização exata, seu número de habitantes, o tamanho da corte e do exército do rei de Kayor. Foi com essa condição que obtive permissão de voltar ao Cabo Verde por uma razão que eu não podia revelar ao senhor de la Brüe: encontrar a retornada e descobrir sua história. Ndiak estava, pois, na desconfortável posição de um enganador enganado. Eu me culpava por lhe esconder isso, mas minha única opção para protegê-lo era deixá-lo na ignorância do acordo que eu havia feito com o diretor da Concessão.

Nossa sorte foi que, após ter sido derrotado na batalha contra Ndob, o antigo rei de Kayor fora destituído. Mam Bathio Samb foi eleito rei em seu lugar por um colégio de sete sábios reunidos em Mboul. Mas, na realidade, Mam Bathio Samb não devia sua eleição a essa votação. Sua escolha como *damel* de Kayor havia sido imposta, por debaixo dos panos, pelo rei de Waalo, o pai de Ndiak. Assim como eu, Ndiak não sabia disso. Descobriríamos juntos em Meckhé, o que reduziria subitamente nossa preocupação com o destino que poderia nos acontecer lá.

Na nossa chegada a Meckhé, após dois dias de caminhada prolongada, a agitação foi grande. Interpretamos que a guarda do rei havia nos deixado passar pela estrada de Meckhé, inclusive eu, o branco que deveria ter gerado suspeitas, porque pensaram que íamos ao casamento do rei Mam Bathio Samb.

Rapidamente percebendo que era do nosso interesse fingir que havíamos desviado de nosso caminho em direção ao Cabo Verde para assistir ao casamento, na entrada norte da aldeia um chefe local se encarregou de nós e designou nosso local de residência. Era uma concessão de cinco palhoças cercadas por uma paliçada da altura de um homem, onde o chefe ordenou que nos trouxessem potes de barro de água fresca e algo para matar nossa fome. Eu não me surpreendi com aquela hospitalidade comumente chamada de *teranga*, que é uma virtude geralmente compartilhada por todos os negros do Senegal. Mas era possível que todas aquelas atenções indicassem que o chefe local nos aguardava. Os espiões do rei deviam tê-lo avisado há muito tempo sobre nossa intenção de chegarmos a Meckhé, eu, o *toubab*, e a minha escolta. Tive a certeza quando, enquanto acabávamos de nos refrescar, um homem de boa aparência, seguido por dois guerreiros armados com grandes rifles de cano longo, entrou no pátio de nossa concessão.

Ao contrário do chefe local, aquele homem, que usava uma touca vermelha semelhante aos nossos barretes frígios, não se descobriu em minha presença para me fazer entender que ele não era meu inferior. Eu também mantive sobre a cabeça o meu chapéu, que havia sofrido bastante com nossa travessia no pequeno deserto de Lompoul, e pedi-lhe o mais cortezmente possível que se sentasse sobre uma grande esteira que eu havia esticado sobre a areia fina de nosso pátio. Ao contrário de Baba Seck, o chefe da aldeia de Sor que, apesar de termos nos tornado amigos, sempre se sentava no canto da esteira que compartilhávamos porque eu era francês, aquele homem se sentou de frente para mim e, olhando-me diretamente, fez esse discurso do qual ainda me lembro, tanto que me impressionou:

– Eu me chamo Malaye Dieng. Em nome de nosso rei Mam Bathio Samb, eu agradeço a você, Michel Adanson, por ter acompanhado Ndiak, o filho do rei de Waalo, nosso aliado Ndiak Aram Bocar, a Meckhé para assistir ao casamento dele.

Atordoado, balbuciei algumas palavras de agradecimento em nome de todos nós, imaginando o jovem Ndiak parado atrás de mim se segurando para não cair na risada. Não era, portanto, ele que estava ao meu serviço, mas eu que estava ao seu. Com uma única frase eu havia me tornado o equivalente do homem da corte que estava diante de mim, não passava de mais um membro da escolta do pequeno príncipe Ndiak. Eu logo me perguntei como o enviado do rei de Kayor conhecia nossa identidade. Teríamos sido identificados por aquilo que de fato éramos desde a nossa partida da ilha de Saint-Louis, quando pensávamos que o status de Ndiak permaneceria escondido por toda a nossa viagem?

Malaye Dieng se despediu convidando-nos, em nome do rei de Kayor, a participar de parte das festividades no dia seguinte pela manhã; ele voltaria para nos buscar após a segunda prece do dia. Quando o acompanhei até a porta de nossa concessão, conforme as regras de cortesia do país impõem, e ele, por sua vez, se despediu de mim, voltei ao pátio e encontrei Ndiak sentado de pernas cruzadas no centro da esteira. Piscando furiosamente com as pálpebras para manter a seriedade, ele se mantinha ereto. Olhando-me do auge dos seus quinze anos, ele bancava o rei. Decidi fazê-lo perder a postura real me sentando modestamente em um canto da esteira e levantando meu chapéu, obsequioso. Bastou isso para que os membros de nossa escolta, tanto os homens da guarda quanto os nossos carregadores, caíssem na gargalhada. Pela primeira e última vez na nossa viagem, Ndiak chorou de rir.

Já muitas vezes casado, o rei de Kayor esposava uma Laobé para, segundo diziam, se conciliar com os poderes secretos sobre as árvores e os animais da floresta detidos pelos mestres da casta de sua nova esposa. Diferentemente de nossos reis e imperadores na Europa, os reis do Senegal não temem os casamentos desiguais. Assim, enquanto para nós é proibido à nobreza do país contrair um casamento para se apropriar de parte dos poderes ocultos da casta da esposa, um rei pode se autorizar tal coisa.

– Os Laobés são os lavradores da mata – me explicou Ndiak. – São eles que permitem aos reinos expandirem suas terras cultiváveis. Eles conhecem as preces que é preciso recitar antes de cortar as árvores, bem como todas as precauções a serem tomadas para distanciar das aldeias os gênios vindos das matas. Sem os Laobés, os reis não seriam capazes de encontrar novas terras para distribuir entre sua corte e seus soldados.

Eu ainda era jovem e, embora quase nunca tenha me esquivado de falar o que pensava, me segurei com bastante esforço para não retorquir a Ndiak que aquela imaginação do poder dos homens sobre as pretensas forças ocultas não passava de uma superstição grosseira. Mas, agora que me tornei velho, vejo nessas crenças um dos maravilhosos subterfúgios encontrados por algumas nações do mundo para limitar a pilhagem da natureza pelos homens. Apesar do meu cartesianismo, da minha fé na onipotência da razão, tal como celebrada pelos filósofos cujos ideais eu compartilhava, agrada-me imaginar que mulheres e homens nesta Terra saibam falar com as árvores e lhes pedir perdão antes de cortá-las. As árvores são bem vivas, como nós, e se é verdade que devemos nos tornar mestres e possuidores da natureza, deveríamos ter escrúpulos ao explorá-la sem considerações por ela. Portanto, não acho mais absurdo, hoje que tenho uma experiência de vida mais vasta, e embora esteja prestes a deixá-la, que homens de uma raça diferente da minha tenham uma representação do mundo que tende a manifestar respeito pela vida das árvores.

Das florestas de ébanos que ocupavam as sessenta léguas da costa que separam a península do Cabo Verde da ilha de Saint-Louis, restam apenas pouquíssimas espécies. Derrubados em grandes quantidades pelos europeus durante os dois séculos que precederam minha viagem ao Senegal, eles agora embelezam a marchetaria de nossas mesas de trabalho, nossos gabinetes de curiosidades e as teclas de nossos cravos. Eles se mostram ou se escondem nos coros de nossas catedrais, nos detalhes esculpidos de muitas caixas de órgãos, de estalas, púlpitos e confessionários. Tomado por uma tentação animista, pensei um dia, diante dos vitrais de um negro profundo do retábulo de um altar, que se para cada árvore cortada as preces de um sábio Laobé tivessem sido necessárias, talvez a grande floresta de ébanos não teria desaparecido do Senegal. Então, ajoelhado na penumbra da igreja, cercado por seus cadáveres envernizados e colados, comecei a rezar para os ébanos pedindo-lhes que perdoassem os pecados daqueles que os haviam derrubado, cortado e transportado para outro céu, muito longe da sua mãe África.

XVI

Meckhé era uma aldeia fortificada cercada por altas paliçadas que circundavam um grande número de cabanas. Ali também, mas possivelmente com o consentimento dos Laobés, a natureza fora forçada a pagar um alto tributo de madeira aos homens. Ndiak me explicara que foi um chefe de guerra, Farba Kaba, que havia incitado todos os seus inimigos a erguerem, seguindo o seu exemplo, paliçadas de espinhos para proteger certas aldeias do *moyäl*. Ele também me contara que as reuniões dos conselhos reais para dar início a uma guerra ou uma razia, os *lël*, aconteciam geralmente nas aldeias guerreiras como Meckhé.

É de se crer que estávamos sendo vigiados, pois, embora em todas as aldeias por onde passamos até então a brancura da minha pele fosse uma atração, ninguém, nem mesmo uma criança, se escondia atrás das paliçadas de nossa concessão para nos espiar. E, depois da partida de Malaye Dieng, eu realmente tentei me dirigir às pessoas que encontrava no caminho da feira para onde eu queria ir, mas era sempre frustrante. Às perguntas gerais que eu fazia sobre a frequência de sua realização, sobre o número de habitantes de Meckhé, recebia como resposta apenas sorrisos educados e palavras evasivas. Temendo dar margem para pensarem que eu era de fato um espião, acabei me contentando em avaliar eu mesmo a população e o tamanho de Meckhé.

Livre para perambular, estimei o número de incêndios em pouco mais de duzentos, o que poderia sugerir que a população chegava a, no máximo, mil e oitocentas almas, ou seja, um pouco mais da metade da população da ilha de Saint-Louis. Cada pedaço daquela praça-forte parecia se beneficiar de um poço, assim, Meckhé podia manter um cerco de algumas semanas sem privação de água. Na grande praça central do vilarejo, a vasta feira estava repleta de frutas, legumes, cereais, especiarias, peixe seco, carne de animal selvagem ou de criação. Embora tivesse me parecido que as aldeias vizinhas sofriam com o início da fome, entendi que todos os recursos daquela região do reino de Kayor eram direcionados para Meckhé. Eu não sabia se essa informação poderia ser útil a Estoupan de la Brüe. Prometi a mim mesmo que lhe daria, mas, conforme você lerá na sequência dos meus cadernos, Aglaé, o diretor da Concessão nunca me pediu para lhe fazer um relatório escrito da minha última viagem ao Cabo Verde.

XVII

Na manhã do dia seguinte, após a segunda prece do dia, conforme anunciado, Malaye Dieng, o mensageiro, veio nos buscar. Estávamos vestidos da forma mais apropriada possível para honrar o rei de Kayor. Eu havia mudado de roupa, usava uma calça creme combinando com minha sobrecasaca. Eu trocara meus sapatos carcomidos pelo calor do deserto de Lompoul por sapatos de pele de carneiro, cujas fivelas eu havia mandado engraxar. Meus cabelos estavam presos por uma fitinha de veludo negro, da cor do tricórnio que, como todas as minhas roupas limpas, vinha de uma mala transportada por um de nossos carregadores. Ndiak, que também tinha uma pequena mala de roupas limpas, tirou dela uma calça folgada de algodão amarelo. Vestira uma camisa grande tingida de azul-índigo, com uma gola bordada de fios dourados, aberta nas laterais e apertada na cintura por uma larga faixa de tecido da mesma cor da calça. Calçara botas de bico pontiagudo de couro amarelo que subiam até a metade da perna, o que era para ele um modo de atestar que ele era bom cavalheiro e de sangue nobre. À guisa de um chapéu ele exibia, amarrado sob o queixo, o mesmo barrete frígio de algodão que o enviado do rei de Kayor, mas amarelo-escuro e ornado com mais búzios, pequenas conchinhas que podiam servir de moedas entre os negros.

Orgulhoso por ter sido ele, e não eu, o convidado de honra do rei, Ndiak caminhava o mais lentamente possível à nossa frente, virando a cabeça de um lado a outro, nariz ao vento, sobrancelhas franzidas. Já eu, no labirinto das ruas estreitas e arenosas de Meckhé, continuava minha contagem de poços. Pelo caminho que percorremos havia três, cujos arredores estavam desertos, contrariamente àqueles que eu observara no dia anterior.

Bem antes de chegarmos à porta sul da aldeia, que nos levaria a uma grande planície quadrada cujos lados estavam delimitados por várias centenas de aldeões em pé de frente uns para os outros, começamos a ouvir o rugido contínuo de catorze *sabar*, tambores de diferentes tamanhos. O estrondo quase me ensurdeceu quando passei perto deles para encontrar, do outro lado da praça, em frente à porta que havíamos acabado de cruzar, o vasto tablado real sob o qual o mensageiro indicou que deveríamos nos sentar, não muito longe, atrás de dois tronos de madeira esculpida.

O som daqueles tambores era tão poderoso que tive o sentimento, ao me aproximar deles, que minhas entranhas se reviravam e o ritmo do meu coração era forçado a se igualar ao deles. Se um terço deles produzia um som grave e profundo enquanto os outros dois terços os replicavam num tom mais suave, o do maestro, que me pareceu o mais velho dos tocadores, produzia como um crepitar de uma chuva forte. Aquele batedor, que vestia à moda do país uma camisa de algodão azul e branca aberta nas laterais, não era imponente, mas maltratava a pele do seu instrumento com uma destreza tão vigorosa que me parecia que o som emitido por seu *sabar* se destacava dos sons dos outros, ao mesmo tempo que continuava se apoiando neles, como um velho apoia intermitentemente sua bengala no chão para evitar cair. O barulho de granizo do seu tambor explodia de repente, entrecortado por silêncios antes de recomeçar numa corrida louca e titubeante.

Além dos cartoze tambores, dois jovens corriam na praça em todas as direções para divertir o público. Traziam a tiracolo, encaixados sob a axila esquerda, *tamas*, e batiam na pele desses tambores tanto com mão esquerda dobrada no punho, quanto com a mão direita com a ajuda de um pequeno pedaço de madeira curvado num ângulo reto. O som produzido podia ser modulado do mais grave ao mais agudo de acordo com a pressão exercida com a parte interna do bíceps esquerdo sobre as cordas, que esticavam ou afrouxavam a pele que eles martirizavam com batidas secas. Deviam ser como os bobos da corte, pois traziam no rosto um sorriso beato enquanto enterravam o queixo no pescoço, sempre com uma ou outra perna no ar, tocando com o braço esquerdo como se fosse uma asa atrofiada. Parecia que imitavam as enormes aves pesqueiras das margens do rio Senegal que, quando são vencidas pelo sono e repousam sobre uma de suas duas pernas esguias, a cabeça escondida sob uma asa, desdobram bruscamente a outra para não perder o equilíbrio.

Fomos instalados, Ndiak e eu, entre os primeiros notáveis do reino, enquanto o restante de nossa tropa fora orientado a ficar atrás, um pouco mais longe, nas laterais do tablado real. Enquanto abríamos caminho entre os dignitários sentados no chão, eu podia sentir o peso de seus olhares sobre mim. Eles mal respondiam aos nossos cumprimentos, desviando o olhar para que não se dissesse que eles nos observavam.

Foi só nos sentarmos sobre belos tapetes de junco trançado exalando um agradável cheiro de roseiras cortadas que os catorze tambores se calaram. Anunciado por seu *griot* que gritava à plena garganta seus louvores, o rei avançava a passos lentos em seu cavalo. Ele e seu cavalo estavam protegidos do sol por uma sombrinha de algodão vermelho, ornada de uma franja dourada, e cujo longo cabo era sustentado ao longo do braço por um criado todo vestido de branco.

Grande de altura, o rei usava uma túnica de algodão azul-celeste, aberta nas laterais, cujo tecido era tão bem passado que dava a impressão de estar rígido e brilhante como uma armadura. Uma echarpe de seda amarela enfeitada com borlas douradas envolvia sua cintura e podíamos ver, encaixadas nos longos estribos, suas grandes botas de couro amarelo de bico pontudo, como o das sandálias marroquinas. Sua cabeça estava coberta por um chapéu de feltro vermelho-sangue também enfeitado com uma borla dourada que brilhava como uma estrela em seu ombro direito quando um raio de sol o tocava.

O cavalo montado pelo rei era um *barbe* do Senegal cuja pelagem acinzentada destacava, por contraste, a sela de couro vermelho-escuro assim como as rédeas da mesma cor que ele segurava com a mão direita. Um grande gri-gri de couro vermelho idêntico à sela e às rédeas cruzava o peito do animal, escondendo uma parte da cicatriz de uma ferida, uma larga dobra de carne rosa, que ele deve ter recebido na guerra. Pompons de lã amarela e azul-escura adornavam seu arreio. Ele não usava antolhos. De vez em quando, o rei lhe acariciava o pescoço com sua mão esquerda.

A noiva vinha em seguida, também a cavalo. Sua cabeça e seus ombros estavam cobertos por um lenço de tecido branco ricamente ornado com moedas de ouro. De acordo com o que Ndiak me explicou, quando o rei chegara à concessão onde sua futura esposa o esperava, ele precisou reconhecê-la entre muitas jovens mulheres cuja cabeça havia sido, de modo similar, coberta por um lenço. Como a tradição preconizava que o casal seria feliz se o noivo a identificasse sem cometer erros, a noiva sem dúvida havia escolhido o lenço muito rico que até agora lhe cobria a cabeça para se distinguir das outras, a fim de facilitar a sua tarefa.

O cavalo da noiva tinha a mesma pelagem acinzentada e os mesmos arreios que o do rei. Mas suas rédeas eram seguradas por uma mulher imponente, usando um vestido de algodão branco, a cabeça velada com o mesmo tecido, e que devia ser a tia mais velha da noiva.

Uma vez que o casal real se instalara sobre o tablado, os catorze tambores recomeçaram.

Ndiak e eu víamos o rei e a rainha de costas. Eles se mantinham eretos o máximo que podiam sobre as cadeiras baixas que, de onde eu estava, me pareceram desconfortáveis, mas belas. Os detalhes daqueles pequenos tronos esculpidos hoje me escapam, mas sei que eles eram particularmente trabalhados, em honra da noiva, pelos artesãos laobés, conhecidos por serem os mestres da madeira. O nome da nova esposa do rei era Adjaratou Fam e o rei Mam Bathio Samb a esposava para se consagrar o primeiro de sua casta. O Malaw Fam era o próprio pai da noiva e tinha a reputação de dominar tão profundamente os segredos da madeira que ele podia esculpir estátuas que se deslocavam sozinhas, nas noites sem lua, para cometerem assassinatos encomendados por ele.

Eu não acreditava nessas crendices. Mas elas me revelavam que por onde quer que os homens assumam o poder, eles sempre encontram estratégias para inspirar nos seus inferiores uma crença sagrada. Associada à sua supremacia, o terror que eles inspiram é proporcional ao medo que têm de perder sua dominação. Quanto maior for, mais ela será terrível. O lugar do Malaw Fam devia ser bem invejável para que ele o cercasse de tantos mistérios mortais. E ele devia ser um homem bastante hábil pois, por mais que sua casta fosse desprezada pela nobreza do país, o próprio rei de Kayor não hesitara em casar sua filha para fazer dele seu aliado.

Os Laobés, como a sequência das festividades me mostrou, não são reputados apenas por seu maravilhoso trabalho com a madeira, mas também por sua arte da dança. Eu nunca vi, desde aquelas núpcias, posições mais impudicas do que aquelas praticadas pelos Laobés. Seguindo no ritmo dos tambores, uma dezena de mulheres se alinha de frente para o mesmo número de homens. Saindo cada um de sua respectiva fileira, formam-se casais no meio da área de dança. Após ter mimetizado freneticamente, mas sempre no ritmo, o ato de fazer amor durante o tempo determinado pelo maestro, cada um retorna à sua fileira. E esse belo espetáculo acaba quando, em um movimento conjunto, os dois grupos de dançarinos se reencontram, quase coxa contra coxa, a tal ponto que pensei ter visto, naquele dia, um entrelaçamento de braços e pernas projetados no ar em uma nuvem de poeira ocre.

Como os mímicos, que pude ver na Foire Saint-Germain, em Paris, que fingem cair, receber golpes de bastão, e muitas outras coisas, mas de uma forma tão exagerada que parece grotesca ao público, pensei comigo mesmo, ao ver os Laobés imitando o ato de fazer amor em sua dança tão frenética, que no fim das contas poderia ser uma boa maneira de divertir o público. Mas, devo confessar que, não estando habituado a esse gênero de representação, ela não provocou apenas um efeito cômico em minha jovem pessoa. Nessa dança, chamada *Leumbeul*, o saracoteio das mulheres laobés se ajusta tão bem ao ritmo dos tambores que acabamos por pensar que o verdadeiro maestro desse espetáculo diabólico é o traseiro delas. Confesso que fiquei comovido com a visão de todas essas Vênus Calipígias dançando como Bacantes.

Se os Laobés da sua nova esposa tivessem assumido o controle no início das festividades, teria chegado a vez do rei de Kayor, que ordenaria aos seus cavalos que dançassem. Eu não entendi, de início, por que um grupo de uma dezena de cavaleiros se aproximava lentamente dos tambores. Cada um deles estava ricamente vestido e me pareceu que eles tinham todos combinado a cor de suas roupas àquela dos tecidos presos em suas celas que cobriam suas pernas e pairavam sobre os flancos de seus cavalos. Geralmente amarelo-solares, azul-índigo ou ocres, esses tecidos compartilhados pelo cavaleiro e seu cavalo me davam a impressão, por uma espécie de ilusão de ótica, sem dúvida ampliada pelo brilho ofuscante do sol sobre a areia, que eu estava vendo centauros, seres fabulosos da Antiguidade, metade homens, metade cavalos. Esse equívoco se agravou quando os cavaleiros se puseram a dançar um após outro a alguns passos do rei e de sua nova esposa.

De onde estávamos sentados, Ndiak e eu, os penteados altos do rei e da rainha barravam nossa visão intermitentemente.

Parecia-me que os bustos dos cavaleiros substituíam as cabeças dos seus cavalos e que suas pernas dissimuladas pelos *pagnes*[9] se tornavam, sem equívoco, as pernas do cavalo. Os cavaleiros, com os braços elevados em direção ao céu, se esforçavam tanto para esconder o modo discreto como eles guiavam seu animal que eu poderia jurar que diante de nós gigantes sorridentes se elevavam, fazendo a areia voar ritmadamente sob seus cascos. Quando os dez cavalos começaram a dançar em uníssono, os gritos agudíssimos da multidão foram tão potentes que quase se sobrepuseram ao estrondo dos catorze tocadores de tambor que martirizavam a pele de seus instrumentos sem sinal de cansaço, apesar do calor intenso que nos inundava havia algumas horas.

Ao sinal invisível do rei ao seu camareiro, todo o barulho cessou de repente. E, no silêncio que se seguiu ao grande alarido da dança desenfreada dos cavalos, o rugido dos tambores continuava ressoando tão forte na minha cabeça que eu tinha a impressão de que meus vizinhos podiam ouvi-lo surgindo dos meus ouvidos. Mas eram apenas os batimentos do meu coração que, tendo se ajustado ao ritmo imutável dos tambores mais graves do conjunto dos catorze, prolongavam sua vibração no meu espírito. Ainda hoje me acontece, quando escuto meu coração no silêncio de uma noite de insônia, de achar que escuto o ritmo inebriante dos tambores de Meckhé em honra do rei de Kayor e de sua nova esposa Adjaratou Fam.

O rei e sua última esposa voltaram a subir em seus cavalos acinzentados. Precedidos por seus *griots* que recomeçaram a

---

9 Tecido africano que pode ser usado de diferentes modos, seja para vestimentas, seja para decoração, dentre outros usos possíveis. [N.T.]

gritar seus panegíricos, eles voltaram para sua concessão-palácio escondida em um labirinto de ruelas, conhecido apenas por sua guarda próxima. Uma vez que desapareceram atrás da porta sul da aldeia por onde haviam chegado no início da cerimônia, a grande praça foi tomada pelo gigantesco sacrifício de vinte e um touros brancos, negros e vermelhos segundo longos e complicados ritos que eu não entendia. Foi só ao cair da noite que pude ver grandes pedaços de carne sendo assados sobre enormes braseiros incandescentes, cravados na areia ali mesmo onde, algumas horas antes, mulheres, homens e cavalos haviam dançado sob o sol. Espetadas em estacas sustentadas em suas extremidades por longas piquetas nodosas, as carnes pingavam gordura, reavivando as chamas.

Mais tarde, fartos de carne grelhada servida fatiada em cabaças, e nossa sede saciada por vinho de palma também servido pelos escravos do rei, retornamos à nossa concessão. Atrás de nós, as últimas nuvens de fumaça recendendo a gordura dos animais sacrificados se elevavam no céu da mata. E durante toda a noite ouvimos as hienas, as leoas e as panteras, além das fortificações da aldeia, disputarem entre si as carcaças dos vinte e um touros com os quais o rei havia gratificado seus dois povos: primeiro o dos homens, depois o da mata, que os Laobés lhe haviam dado como presente de casamento.

XVIII

No dia seguinte, o rei de Kayor, para agradecer a Ndiak, o filho do rei de Waalo, por ter honrado o seu casamento com sua presença, e a mim, por tê-lo escoltado, enviou um jovem cavalo *barbe* do Senegal marrom-escuro para cada um de nós, pelas mãos do seu mensageiro Malaye Dieng. Esses dois cavalos, que deviam ser irmãos, pois possuíam a mesma mancha branca em forma de meia-lua entre os olhos, nos haviam sido entregues equipados com selas. Mas a de Ndiak me intrigou. Ela era bem diferente da minha, que parecia com todas aquelas que eu havia visto no dia anterior, de couro vermelho, ou amarelo-escuro, incrustada de arabescos florais prateados, no estilo mouro. Não demonstrei meu espanto e deixei para analisar isso melhor mais tarde.

Após agradecer entusiasmadamente a Malaye Dieng, Ndiak deu-lhe em troca o nosso presente. Na esperança de que isso afastasse qualquer suspeita de eu ser um espião da Concessão do Senegal e, apesar de sua relativa modéstia, eu sugeri a Ndiak que ele desse ao rei um dos dois relógios que eu havia comprado de Caron, o relojoeiro mais famoso de Paris, pouco antes de partir à África. Foi Ndiak que entregou ao seu enviado o mais trabalhado dos dois, dizendo-lhe, como eu o havia explicado, que o rei da França e as suas irmãs possuíam relógios idênticos àquele. Malaye Dieng se despediu de nós quando Ndiak lhe mostrara o funcionamento daquele relógio cujo novo mecanismo de precisão fora o sucesso de Versailles. Aquele objeto estava na moda na Corte nos tempos em que o filho Caron, bem antes de se tornar Beaumarchais, era conhecido apenas pelas invenções concebidas na oficina da relojoaria de seu pai.

Ndiak teve a delicadeza de oferecer a Malaye Dieng em nosso nome, para agradecer-lhe por seus bons serviços, uma adaga curva com um pomo de marfim e uma bainha de couro incrustada de fios de prata. Em seguida, nós o acompanhamos à porta de nossa concessão onde, de acordo com o costume dos negros, reiteramos nossos agradecimentos e cumprimentos antes de ele partir definitivamente. Assim que ele virou as costas, Ndiak voou para nossos dois cavalos que estavam tranquilos amarrados no tronco de uma mangueira no meio do pátio. Aqueles dois cavalos eram gêmeos, mas, como eu já havia notado, suas selas não eram idênticas, então desamarrei a que me intrigava para examiná-la tranquilamente, apesar dos protestos de Ndiak que já queria dar umas voltas.

A sela tinha aquele apoio de couro marrom, em forma de arco, para que as costas do cavaleiro ficassem bem encaixadas, e aquelas três correias que se uniam formando um laço no ventre do animal, características da selaria inglesa. Sem estar certo disso, eu pressentia que aquela sela inglesa, dada de presente a Ndiak, poderia conter uma mensagem subliminar que era destinada a mim e ao diretor da Concessão do Senegal. O rei de Kayor não estaria nos sinalizando que ele poderia, ao seu bel prazer, ou se considerasse vantajoso para ele, negociar de preferência com os ingleses em vez dos franceses? Destinado ao filho de um rei que era um tradicional aliado dos franceses, aquele presente me parecia mais eloquente do que um longo discurso político. Achei que já era tempo de informar Ndiak sobre meu acordo com o senhor de la Brüe para que ele não ficasse exposto às admoestações do seu pai quando visse essa sela inglesa. Eu não queria que ele pensasse que o fiz de bobo durante toda a nossa viagem. Eu o considerava meu amigo.

Foi quando estávamos fora de Meckhé, no caminho de Keur Damel, povoado efêmero na costa atlântica onde o rei de Kayor às vezes ia para negociar com os franceses, e visivelmente também com os ingleses, que revelei a Ndiak o que eu havia escondido. Ele só riu e afirmou que suspeitava que eu era devedor da Concessão do Senegal, ainda que eu não fosse funcionário dela. Ele achava natural que Estoupan de la Brüe me pedisse para espionar todos os reinos do norte do Senegal. E, já que estávamos trocando confidências, ele disse até que me espionava desde sempre em nome do seu pai, o rei de Waalo. Mas que eu não me preocupasse, eu podia contar com ele para guardar meus segredos. Ele não lhe contava tudo. Tão somente detalhes.

Eu não sabia o que pensar da sua sinceridade. Ignorava se ele estava brincando, como era seu costume, ou se era verdade que ele era espião do seu pai. Achava estranho que um homem tão jovem – ele tinha apenas doze anos quando o senhor de la Brüe o associara a mim – tenha sido encarregado do peso de uma tal missão. Mas a sequência de nossa infeliz viagem me mostrou que Ndiak, apesar de sua pouca idade e sua malícia, tinha um verdadeiro apego a mim.

Por hora, ele estava tão feliz e orgulhoso do cavalo selado ao modo inglês que lhe fora dado pelo rei de Kayor que com frequência engatava um galope, na estrada que nos levava à nossa próxima etapa, para se embriagar com sua velocidade. E enquanto a nuvem de poeira que ele deixava atrás de si me fazia pensar que não voltaríamos a vê-lo por um bom tempo, nós o reencontrávamos no máximo meia légua adiante, de pé ao lado do animal, acariciando seu pescoço ou verificando suas pernas e as ferraduras de seus cascos, certificando-se de que tudo ia bem. Ao fim de uma terceira parada improvisada, quando o surpreendemos dando-lhe de beber a água tirada do seu próprio cantil, na cavidade formada por suas duas mãos juntas, eu o persuadi de que se continuasse naquele ritmo, seu cavalo certamente cairia doente.

– Ou, pior ainda – acrescentei –, você poderia perder a estima dele. Um animal feito para a corrida como o seu deve ter boas razões para galopar. Se não, ele não respeitará sua vontade quando você precisar de fato. Você para tantas vezes para cuidar dele que corre o risco de ele entender seus caprichos do dia como uma regra de conduta geral. Nessa toada, você não poderá nunca mais corrigi-lo.

Eu havia mirado o alvo certo. Ndiak era tão orgulhoso da posição que ocupava que julgou útil me escutar para que não viesse, um dia, a passar por uma humilhação diante de seus "iguais". Por seus iguais ele compreendia as pessoas, homens, mulheres e crianças, da família real à qual pertencia. Desde a sua mais tenra idade, como alguns de nossos nobres do Antigo Regime, seu entorno lhe ensinara a não sofrer nenhuma afronta pública sem tratar de repará-la de imediato, ainda que isso implicasse perder sua própria vida. Quando lhe faltavam com o respeito, não era simplesmente sua honra que estava em jogo, mas a de toda a sua família.

– Você tem razão, Adanson, meu cavalo não deve se comportar de uma forma ridícula, pois doravante ele pertence ao meu clã. Aliás, embora seja um animal, vou lhe dar o nome da pessoa que mais amo no mundo. O da minha mãe, Mapenda Fall.

– Quanto a a mim – respondi –, meu cavalo não terá o nome da minha mãe.

– Então você não a ama? – Ndiak questionou-me de imediato.

– Sim, mas não amo este animal o suficiente para batizá-lo com o nome da minha mãe.

– Então vai ser um cavalo sem nome – concluiu Ndiak, visivelmente insensível à minha ironia.

Com essas últimas palavras pronunciadas num tom sentencioso, Ndiak se contentou em deixar seu cavalo seguir no trote, muito perto do meu, e depois de alguns minutos de silêncio, tratou de me convencer a mudar de rota:

– Além do relógio que lhe oferecemos, o maior presente que podemos dar ao rei de Kayor é evitar tomar a direção do Pir Gourèye. Lá é uma aldeia rebelde onde, quando têm tempo, todos os seus súditos recalcitrantes se refugiam. Adanson, você nunca deve deixar o caminho que parece mais prático guiar seus passos! As armadilhas mais bem-sucedidas são aquelas nas quais nós mesmos nos jogamos de bom grado simplesmente porque cedemos ao conforto do caminho que nos leva a elas. Nos leva, inclusive, à mata, aos predadores...

Já tomado pelo sermão de provérbios que Ndiak ameaçava começar, o dedo indicador direito elevado, eu o interrompi para perguntar aonde ele queria chegar. Então ele me explicou em algumas frases que a aldeia de Pir Gourèye era governada por um grande *marabout*[10] que criticava o rei por não seguir exatamente as regras do Islã. O rei bebia conhaque, não respeitava as cinco preces diárias, havia se casado com muito mais que quatro mulheres, estava envolvido com fetiches, bruxaria e forças ocultas da mata. O mais grave para os últimos reis de Kayor, que se sucederam até Mam Bathio Samb, era que seus súditos livres, quando temiam ser reduzidos à escravidão por guerreiros de Kayor, tão pagãos quanto seus mestres, corriam para se refugiar em Pir Gourèye. Lá eles se tornavam *talibés*, discípulos do grande *marabout*. Em troca de sua proteção e de seu ensinamento dos verdadeiros preceitos do Islã, os camponeses refugiados cultivavam seus campos. Ainda que o exército do santo homem fosse quase inexistente, ele inspirava medo suficiente no rei de Kayor para que ele não ousasse atacar a aldeia. Dizendo-se maometano por política, o rei não tinha outra escolha senão manter a cabeça fria e fingir, como um homem cujo pé foi atravessado por um grande espinho de *sump*, a tamareira do deserto em wolof, mas que se esforça para andar sem mancar, por orgulho diante de seus "iguais".

– O melhor – acrescentou Ndiak, orgulhoso de sua última comparação do rei de Kayor com um estropiado –, é evitar ir a Pir Gourèye onde seríamos certamente mal-recebidos levando em conta de onde viemos. Sigamos, antes, na direção oeste até a aldeia de Sassing, de onde poderemos seguir para Keur Damel antes de nos mandarmos para o sul na direção de Ben, no Cabo Verde, nossa destinação final. Temos que inventar nosso próprio caminho. Como diz um provérbio

---

10 Feiticeiro. [N.T.]

que acabei de inventar – desculpe o improviso, Adanson! –, "Percorrer um grande caminho completamente traçado não honra o homem de bem, abrir um novo caminho, isso sim o faz honrado".

Ndiak não sentiu a ironia da minha parte quando lhe perguntei de onde ele tirava toda essa sabedoria. Com o indicador apontado para meu peito, ele me respondeu pedantemente que a inteligência não tem idade.

Apesar de sua falta de modéstia, não foi um mal conselho. Sua exposição sobre as relações difíceis entre o rei de Kayor e o grande *marabout* de Pir Gourèye teria um lugar na memória que eu preparava para Estoupan de la Brüe. Não havia necessidade de ofender o rei de Kayor que, nas próprias palavras de Ndiak, como ele acabara de me mostrar, carregava um espinho que o martirizava no pé.

Tomado pela vontade de ter a última palavra e de lhe provar que eu também podia falar por provérbios caso quisesse, acabei, após alguns segundos de reflexão, por responder-lhe que eu seguiria seu conselho, pois:

– "Os reis mais poderosos se tornam maus quando temos a insolência de mostrar-lhe que não os consideramos tão durões quanto gostariam de parecer."

Ndiak sorriu respondendo-me que eu estava certo e errado ao mesmo tempo. Certo em seguir seu conselho e errado de querer falar por provérbios como ele, pois eu não dominava suficientemente o wolof para não me expor a dizer trivialidades pensando que expressava ideias celestiais. Quando eu usara a palavra "poderoso" para me referir aos reis, minha intenção fora falar de sua onipotência, de um poder que geralmente eles sonham ser sem limites sobre seus súditos, mas eu fizera tão somente evocar sua potência sexual. Eu tomei uma palavra por outra. E Ndiak, explicando meu erro enquanto cavalgávamos lado a lado, segurava-se para não rir e piscava seus dois olhos ao mesmo tempo. Ele queria medir minha susceptibilidade. No fim das contas, mesmo eu sendo branco e plebeu, ele acabara se convencendo de que eu era seu "igual".

De fato, na véspera de nossa partida de Meckhé, eu havia lhe dado uma visão geral da minha árvore genealógica, e creio ter conseguido convencê-lo de que meu nome de família se devia a um ancestral distante escocês que veio se instalar em Auvergne e cujos descendentes se espalharam pela Provença. Muito apegado à memória das origens familiares, Ndiak primeiro me perguntara quem eram os escoceses. Quando lhe respondi que eram um povo guerreiro que sempre lutou contra os ingleses, seus vizinhos, e que, por isso mesmo, era natural que um Adanson escocês tivesse vindo se refugiar em Auvergne sob a proteção do rei da França, ele me olhara com outros olhos.

De certa forma, sua visão de mundo havia afetado a minha. Foi ao apresentar meu nome de família sob uma ótica guerreira que me dei conta de como a opinião que temos a respeito de nós mesmos está relacionada aos países e pessoas com os quais nos confrontamos. Descobri, assim, contando minha genealogia a Ndiak que, quando aprendemos uma língua estrangeira, impregnamo-nos no mesmo impulso de outra concepção de vida que é totalmente equivalente à nossa.

Então, escutei o conselho de Ndiak e saímos o quanto antes da estrada de Pir Gourèye e pegamos a rota para o oeste. Depois de termos cruzado diversos vilarejos que rapidamente se esvaziavam na medida em que nos aproximávamos, ao fim de três dias de caminhada partindo de Meckhé chegamos à aldeia transitória de Keur Damel. Localizada a menos de um quarto de léguas das margens do oceano Atlântico, Keur Damel, que em wolof significa "a casa do rei", era uma aldeia que aparecia ou desaparecia em função dos deslocamentos do rei e de sua guarda de confiança. O rei ia para lá a fim de negociar sem intermediários com os comerciantes europeus. Foi ali, sem dúvida, que ele comprara a sela inglesa de Ndiak, talvez em troca de um certo número de escravos. À visão daquele lugar onde algumas paliçadas de palha, que o vento do oceano havia derrubado sobre a areia, deixavam supor uma presença humana episódica, fui tomado por calafrios.

O vento que soprava na aldeia fantasma não era tão fresco, mas senti frio, talvez pelo contraste com o calor tórrido que experimentamos em nosso caminho até então. Uma grande lassidão me invadiu e a febre se apoderou do meu corpo. Um incômodo que comecei a sentir na garganta ao amanhecer daquele mesmo dia irrompeu como um incêndio na mata seca. Eu olhei para Ndiak ao meu lado em seu cavalo e creio me lembrar de lhe ter feito, com a voz rouca, uma pergunta que pairava em meu espírito desde que nos pusemos a olhar as paliçadas meio enterradas na areia de Keur Damel. Quantas linhagens de homens e mulheres evaporaram no horizonte do oceano próximo desta aldeia? Até hoje, ainda não sei se realmente fiz essa pergunta a Ndiak. E, se fiz, esqueci a sua resposta. Antes de desabar do meu cavalo, vi seu rosto assustado e sua mão direita agarrando meu ombro para tentar impedir minha queda.

XIX

Acordei no meio da noite em um local indeterminado cuja estranheza me fez pensar que era fruto de um delírio causado pela febre. Eu sabia que estava deitado dentro de uma cabana com aquele cheiro peculiar que todas elas têm: uma mistura de odores florais da palha de seu teto, de terra amalgamada ao esterco seco de suas paredes e da fumaça acre do seu interior. Meus olhos se abriram para uma escuridão que não era de fato uma. Uma nuvem de luz azulada, translúcida, quase imperceptível, parecia flutuar acima de mim. Imaginei-me num espaço intermediário entre a imensidão do Universo e nossa Terra, um lugar nos confins onde a noite etérea de nossa galáxia é iluminada pelos últimos vapores da atmosfera terrestre. Se fossem os primeiros clarões da manhã, teriam crescido até invadir os espaços por brechas do telhado ou da porta, mas ali, a luz azul permanecia igual, irreal, suspensa no céu da cabana e muito fraca para iluminar seu conteúdo. Permaneci imóvel, piscando os olhos para tentar medir a intensidade daquela luz escura, quando um cheiro peculiar, acrescido a todos aqueles que eu havia reconhecido, apossou-se de mim.

Um cheiro de água do mar misturada às algas marinhas me envolveu. Era agradável, e seu toque de frescor salgado expulsou a minha preocupação de estar em um lugar onde a escuridão não era escuridão. Achei ter escutado um marulho sem estar certo de que minha audição não me enganava. Tranquilizado pela certeza de que ao menos um dos meus sentidos não estava sob efeito de alucinação, e, portanto, eu ainda estava vivo, fechei os olhos e adormeci.

Quando acordei novamente, o dia abrira caminho na cabana cujo teto, em sua face interior, estava repleto de uma floresta de cabaças de todos os tamanhos, com barrigas amarelas, penduradas não se sabe como. Eu estava deitado em uma esteira um pouco acima do chão, com as costas voltadas para baixo e o peito nu, o corpo coberto até o queixo por um pesado *pagne* de algodão que, no entanto, não me mantinha aquecido. Outro tecido, enrolado sobre si mesmo, sustentava meu pescoço. Embora meu estado me fizesse pensar que eu não comia há muito tempo, me sentia bem. Não tinha sede, não tinha mais febre. A sensação de euforia que toma os convalescentes quando seu corpo não os faz mais sofrer me invadiu levemente, relaxando meus braços e minhas pernas enquanto me esticava. Subitamente, a grande esteira de junco trançado que fechava a entrada estreita e elevada da cabana foi levantada, deixando passar um feixe de luz que me cegou. Fechei imediatamente os olhos e, quando tornei a abri-los, uma sombra me encarava.

Mas antes de continuar te contando o que aconteceu naquela cabana, minha querida Aglaé, e que marcou minha vida com ferro em brasa, preciso voltar um pouco para que você imagine melhor os detalhes da situação extraordinária na qual me encontrava. O que vou te ensinar, e que me parece essencial à compreensão dos acontecimentos que virão, eu só aprendi três dias após minha queda de cavalo, da boca do próprio Ndiak, na sequência de provações dificilmente concebíveis.

Ao nos reencontrarmos, Ndiak me contou que, quando tentou impedir que eu caísse do meu cavalo sem nome, em Keur Damel, ele chegou a pensar que eu havia sido fulminado pela morte, como acontecera com um de seus jovens tios que voltava de uma partida de caça. Segundo ele, seu tio havia sido punido por um espírito da floresta porque não cumprira corretamente os rituais de reconciliação do animal que matara. E, se por um tempo ele acreditara que as forças ocultas da floresta não tinham poder sobre mim porque eu era branco, quando me viu deslizar da minha sela, Ndiak voltara a pensar em meu crime. No dia anterior, no caminho de Keur Damel, nas imediações da aldeia de Djoff, eu havia abatido com um tiro de espingarda um pássaro sagrado empoleirado sobre uma mangueira. Os aldeões que escutaram meu tiro teriam me matado em represália não fosse o respeito imposto por nossa pequena tropa armada.

Convencido de que o espírito do pássaro sagrado tinha se vingado de mim, o que provava que eu não era mais totalmente branco pelo fato de falar wolof, Ndiak me deitou sobre a areia de Keur Damel. Para ele, eu já estava morto. Ele havia verificado minha pulsação na jugular e no punho por desencargo de consciência e não sentira nada. Ele estava se perguntando se deveria me enterrar no próprio local, e de acordo com qual ritual, quando o guerreiro mais velho de nossa escolta tirou um pequeno espelho de um dos seus bolsos. Aquele homem, que tinha por volta de cinquenta anos, idade avançada para um guerreiro negro do Senegal, chamava-se Seydou Gadio. Até o momento, eu não havia prestado atenção nele. Ele era bastante discreto, apenas seus cabelos brancos se destacavam. No entanto, era ele que comandava nossa viagem. Ele salvou minha vida daquela vez apenas para torná-la miserável menos de uma semana depois.

Seydou Gadio se ajoelhara ao lado da minha cabeça para colocar seu espelho bem na frente do meu nariz e da minha boca. O espelho ficou embaçado, o que provava que eu ainda respirava. Ele era um homem experiente e Ndiak, ao me contar o que acontecera comigo durante os dois dias que passei desmaiado, não teve dificuldades em admitir que havia confiado completamente nele. Portanto, foi Seydou Gadio quem ordenara a construção de uma maca com os restos de paliçada enterrados na areia da aldeia de Keur Damel. E também foi ele quem ordenou aos homens da tropa sob seu comando que se revezassem para me transportar imediatamente à aldeia de Ben, no Cabo Verde.

Tanto Seydou Gadio como Ndiak acharam melhor me levar a Ben o mais rápido possível. A letargia na qual eu estava imerso devido a uma febre alta suavizava, aos seus olhos, as dificuldades de um trajeto que uma consciência muito aguçada do meu sofrimento teria complicado. De paradas frequentes a partidas lentas para me poupar, eu teria perdido minhas últimas forças contra o mal que obtivera sua primeira vitória sobre mim. Acreditando que eu estava derrotado, pois meu sopro de vida era imperceptível, ele não viria em meu encalço. O clima mais fresco do Cabo Verde ajudaria a minha recuperação, segundo eles, para grande surpresa do espírito que eu havia ofendido ao matar o pássaro sagrado da aldeia de Djoff.

Ndiak e Seydou concordaram em me esconder dele. Para isso, cobriram todo o meu corpo com um grande *pagne* de algodão, branco como uma mortalha. Quando os carregadores da minha maca paravam para descansar, eles levantavam sorrateiramente uma de suas pontas para umedecer meu rosto em chamas com água fria. Feito isso, ajeitavam o cobertor sobre mim, balançando a cabeça, como se chorassem minha morte. Bancando o fatalista, Ndiak me contara que ele sempre lamentava baixinho para ser ouvido pelo espírito do pássaro sagrado: "Que Deus o perdoe, estava escrito nos céus que ele precisava partir sem se despedir de entes queridos na França".

E foi assim que eles mandaram transportar minha maca o mais rápido possível para o Cabo Verde, evitando ao máximo as aldeias próximas. Depois de terem atravessado a pé um braço de mar que alimentava um lago salgado cuja água se tornava rosa-choque quando o sol estava a pino, como eu havia observado durante a minha viagem anterior ao Cabo Verde, eles optaram por andar sob o abrigo da floresta de Krampsanè. Era para enganar melhor a morte que me perseguia. E, assim fazendo, era a própria vida que colocavam em perigo, pois aquela grande floresta de tamareiras e palmeiras era habitada por leões, panteras e hienas que costumavam sair à noite para rondar nas proximidades das aldeias do Cabo Verde à beira-mar.

Após quase trinta horas de caminhada forçada, eles avistaram a aldeia de Ben. Era noite de lua cheia e tanto Ndiak como Seydou Gadio entreviram a silhueta de uma hiena e de um leão que, lado a lado, com as patas dianteiras repousando sobre o teto de uma mesma cabana, na orla da aldeia, cada um segurava na boca peixes que haviam sido colocados ali para secar. Seydou, o velho guerreiro, sinalizara para sua tropa parar. Eles esperaram até que as duas feras, visivelmente cúmplices, embora os consideremos os grandes inimigos do mundo, voltassem à floresta ao amanhecer, sem lhes dar atenção.

Ndiak me contara que o chefe da aldeia de Ben não ficara surpreso com a história da estranha combinação de um leão com uma hiena roubando peixe seco. Ele simplesmente respondeu: "Todo mundo precisa viver". Também não se surpreendeu ao me ver sendo carregado numa maca: "Nossa curandeira já me informou que alguns estrangeiros pediriam para vê-la hoje mesmo. Venham comigo, vou levá-los até ela".

Ndiak me contara da sua surpresa ao voltar para a cabana de uma concessão na entrada da aldeia e perceber que, em seu teto, estava secando o peixe que eles haviam visto ser retirado pelo leão e pela hiena apenas uma hora antes. Aquilo lhes parecera, a ele e a Seydou, um sinal do destino, mas não sabiam intuir se era um bom ou um mau presságio.

Como eles haviam imaginado, pois o poder de curar geralmente está associado, na mente dos homens, a uma longa experiência de vida, foram recebidos na entrada da concessão por uma velha mulher que, como antecipavam suas explicações, assegurou-lhes que curaria o branco que padecia sobre uma maca, embora ela odiasse todos de sua raça. Meus dois companheiros estremeceram, pois não haviam levantado na frente dela a mortalha que me cobria por inteiro. Como ela sabia que eu era um *toubab*? Eles não se tranquilizaram com as palavras acrescentadas pela velha mulher: havia muito tempo ela sabia quem éramos e que viríamos ao seu encontro.

Ndiak me confessara que ele e Seydou Gadio, apesar de sua idade e experiência, sentiram medo, pois a curandeira era impressionante. Apoiada em um longo bastão revestido por um couro vermelho incrustado de búzios, ela tinha metade do rosto escondido por uma espécie de capuz talhado na pele de uma cobra de tamanho monstruoso. Além do capuz, a pele da cobra cobria seus ombros e deslizava até seus pés como um manto vivo. Estriado de um amarelo-pálido sobre um fundo negro-azeviche, a pele tinha um aspecto oleoso e brilhante. Quando a velha mulher se virou, claudicante, para entrar na cabana principal da sua concessão, onde havia pedido para eu me instalar, Ndiak teve a impressão de que ela era um ser indefinido, metade mulher, metade cobra. Sob aquele manto medonho, todo o corpo da curandeira estava dissimulado em um conjunto de peça única costurado com um tecido de argila vermelha. E a parte inferior do seu rosto, a única visível, estava coberta por uma mistura de terra seca esbranquiçada que, rachada nos cantos de seus lábios, dava à sua boca a largura da boca imunda da cobra cuja pele cobria. Apesar de sua idade avançada, revelada por suas costas curvadas, seus gestos eram vivos e ela pontuava cada palavra, pronunciada numa voz baixa e grave, por uma batida seca do seu bastão no chão. Foi assim que ela ordenou que Ndiak, Seydou Gadio e toda a nossa tropa não acampassem perto da sua concessão. Que fossem se instalar do outro lado da aldeia, ela mandaria chamá-los quando eu estivesse curado.

Meus companheiros obedeceram, considerando que o destino da minha vida já não estava em suas mãos, mas nas mãos de uma curandeira cuja aparência assustadora os fazia crer que ela venceria o espírito maléfico que me atormentava, o do pássaro sagrado que eu havia matado com um tiro de espingarda na aldeia de Djoff. Ndiak me confessara que, apesar de tudo, ele pedira muito a Deus para eu escapar da morte, sabendo que se eu desaparecesse ele teria que prestar contas ao seu pai das verdadeiras razões de nossa viagem a Ben. Ele não gostaria que o rei diminuísse sua consideração por mim ao saber que tínhamos vindo da ilha de Saint-Louis simplesmente para escutar, por mera curiosidade, a história absurda de uma escrava que, segundo diziam, teria retornado da América. Ela pensava que aquilo me desvalorizaria, que o descrédito jorraria sobre mim e meus "iguais" poderiam fazer troça de mim.

– Com certeza, Adanson – ele concluíra quando pôde me contar sobre nossa chegada rocambolesca na casa da curandeira, em Ben –, eu teria chorado sua morte como se chora a morte de um amigo. Mas o mais difícil para mim teria sido admitir aos outros que eu havia apoiado as empreitadas de um louco.

Com essas palavras, que Ndiak pronunciou com seriedade à sombra de um ébano, logo após o meu resgate, sobre o qual falarei mais adiante, acreditei ter entendido que meu jovem amigo já estava trabalhando para se tornar o rei de Waalo. Ao ouvi-lo falar daquela forma, pensei que ele não hesitaria em fomentar guerras para tomar o poder contra a ordem de sucessão que indicava que um de seus sobrinhos herdaria o trono. Ele já não estaria tentando vestir-se com o manto da respeitabilidade e, para isso, eu era uma peça central simplesmente por ser branco? Eu estava começando a repensar a confiança que eu poderia ter nele, pois um homem, por mais jovem que seja, quando se lança no caminho que leva ao poder, passa a ver seus próximos como simples peões a serem movidos de acordo com sua conveniência num vasto tabuleiro de xadrez. Mas eu estava enganado. Ndiak foi, creio eu, o amigo mais fiel que já tive na vida.

XX

Quando finalmente acordei, após dois dias de completa letargia, uma sombra se erguia diante de mim. E quando percebi na meia-luz da cabana, quando o clarão já não ofuscava a minha visão, a parte inferior de um rosto horrendo, achei que fosse desmaiar novamente. Parado aos pés da minha cama, um ser humano me observava silencioso e, no espaço de um segundo de terror, achei que uma jiboia imensa estava prestes a se jogar sobre mim, com sua enorme boca aberta. Ergui-me abruptamente sobre meus cotovelos e perguntei com uma voz fraca o que queria de mim. Não tive resposta. A pessoa me observava, escondida sob um capuz de pele de cobra que exalava um odor de manteiga rançosa misturado ao cheiro tão característico do eucalipto queimado. Entendi que eu deveria estar nas mãos de um desses curandeiros iniciados nos mistérios das plantas de seu país cuja ciência eu havia pesquisado assim que aprendi suficientemente o wolof para compreendê-la. Se eu havia retornado à consciência, certamente fora graças àquela pessoa e eu não tinha razão para temê-la.

Ela permaneceu imóvel por um tempo que me pareceu muito longo, observando-me sem que eu pudesse ver seus olhos. Eu me tranquilizava como podia. Depois, como que tomada por uma resolução repentina e irrevogável, a pessoa jogou seu capuz sobre os ombros com ambas as mãos.

– E você, o que quer com Maram Seck?

Achei que estivesse novamente sob o efeito de uma alucinação quando me apareceu uma jovem mulher que espontaneamente julguei belíssima, apesar do emplastro de terra branca que distorcia sua boca e bochecha. Poupada daquela crosta branca que lhe servia de máscara, a parte superior do seu rosto revelava a negrura profunda de sua pele cuja maciez era sugerida por uma pinta muito fina e brilhante. Seus cabelos trançados, enrolados num coque no alto de sua cabeça, e seu longo e gracioso pescoço davam-lhe o porte de uma rainha da antiguidade. O formato de seus grandes olhos negros fendidos na forma de amêndoa, realçados por longos cílios curvos, lembrava-me um busto egípcio que eu havia visto no gabinete de curiosidades de Bernard de Jussieu, meu mestre de botânica. Suas íris, tão profundamente negras quanto a cor de sua pele, contrastando com a brancura de neve dos seus olhos, estavam postas sobre mim como se eu fosse uma presa. Elas estavam completamente imóveis, como ficam nos seres humanos que têm o poder de hipnotizar. Senti-me intimidado e, enquanto demorava a responder sua pergunta, ela se inclinou para pegar no chão, sem tirar os olhos de mim, uma faca e aproximou-a da minha cabeça.

– Se você não me disser quem é e por que veio até aqui com sua escolta, não hesitarei em cortar sua garganta. Não tenho medo de morrer.

– Meu nome é Michel Adanson – respondi imediatamente –, e, uma vez que você se apresentou como Maram Seck, devo admitir que vim ao seu encontro por curiosidade. Estou acompanhado por Ndiak, o filho do rei de Waalo, para ouvir, da sua própria boca, sua história de retornada.

– Então foi você que ele enviou para me caçar como uma presa!

– *Ele* quem?

– Baba Seck, meu tio, o chefe da aldeia de Sor.

– É natural que ele se preocupe com seu destino, não?

– Ele se preocupa menos por mim do que por si próprio.

– O que você quer dizer?

Julgando que eu deveria estar sendo sincero, Maram Seck pôs no chão a faca com que havia me ameaçado até então e prosseguiu:

– Baba Seck é um miserável. É a ele que devo o infortúnio de me esconder longe de Sor sob esse disfarce de velha curandeira...

Ela parou de falar, provavelmente porque pronunciara as últimas palavras com uma voz trêmula e era daquelas pessoas que não gostavam de chorar na frente dos outros por orgulho. Talvez também porque parecia-lhe necessário saber quais eram os vínculos entre mim e Baba Seck.

Supondo que eu precisava lhe passar segurança para que ela começasse a me contar sua história, expliquei que seu tio me contara sobre o seu desaparecimento inexplicável de Sor, sobre todos os seus passos até o forte da ilha de Saint-Louis para encontrá-la, sobre os mensageiros que enviara às aldeias vizinhas para saber se os sequestradores haviam sido vistos por lá. Pois, em Sor, ninguém duvidava de que ela fora sequestrada por desconhecidos e vendida a traficantes de escravos. Eu lhe contei também que Baba Seck, na noite em que me falara sobre ela, dissera-me que, poucos dias antes, um homem chamado Senghane Faye viera da aldeia de Ben para avisar que ela estava lá, que havia retornado viva das Américas, mas proibira qualquer pessoa de Sor de tentar reencontrá-la.

Quando acabei de explicar que a história do seu tio me intrigara tanto que decidi vir a pé da ilha de Saint-Louis até à aldeia de Ben, no Cabo Verde, para elucidar esse mistério, ela pareceu relaxar. E, para me aliviar da posição desconfortável em que me encontrava, ainda deitado, apoiado sobre meus cotovelos, ela puxou um banquinho de madeira esculpida para sentar-se ao lado da minha cama. Pude então descansar minha cabeça no tecido enrolado que me servia de travesseiro sem perdê-la de vista. De quando em quando ela baixava os olhos na minha direção, tão próxima que eu podia sentir seu cheiro floral penetrar o odor ácido da manteiga de karité e da casca queimada de eucalipto que exalava da pele da cobra pendurada sobre seus ombros.

Subitamente, quando o silêncio se instalou entre nós e já não ousávamos olhar um ao outro, Maram Seck me perguntou se era possível que um homem branco, proveniente da raça dos senhores do mar, fizesse um longo caminho a pé apenas por curiosidade por ela. Eu respondi que não estava ali apenas por ela, mas para descobrir novas plantas e observar os animais do mato desde a ilha de Saint-Louis até Cabo Verde. Meu trabalho era catalogar as plantas, as árvores, as conchas, os animais terrestres e marinhos a fim de descrevê-los com muita precisão em livros nos quais outros homens e mulheres da França poderiam se instruir à distância sobre o que eu havia visto pessoalmente, no Senegal. Se ela não existisse, de todo modo a viagem não teria sido inútil, ela serviria para aumentar meu conhecimento sobre o mundo das plantas, das árvores e dos animais do seu país.

– Portanto – respondeu Maram Seck –, você se acha diferente das pessoas da Concessão do Senegal que negociam marfim, ouro, borracha arábica, couro e escravos?

Felicíssimo em me apresentar como um homem excepcional, respondi que eu não tinha nada a ver com aquelas pessoas da Concessão do Senegal e que, se eu estava associado a elas, era apenas por uma questão formal. Eu estava no Senegal tão somente para observar sua fauna e sua flora.

– Mas – ela retrucou –, você ignora que a Concessão certamente se beneficiará das suas observações? Ou você é ingênuo ou está agindo de má-fé.

Suas últimas palavras me assustaram mais do que a faca. Eu estava começando a me preocupar com sua opinião ao meu respeito. Então lancei-me em explicações sobre o caráter peculiar do meu trabalho no Senegal hesitando ao máximo, pois eu não queria que soassem como uma falta de modéstia da minha parte. Dizer-se diferente dos outros é querer se distinguir, e tive a vaga sensação de que, para estar à altura da nobreza de alma que eu pressentia em minha interlocutora, e talvez ganhar sua afeição, eu precisaria me autovigiar. Isso se tornava ainda mais difícil uma vez que eu me expressava em wolof, língua que, naquele momento, eu gostaria de dominar em todas as suas nuances para mostrar a melhor versão de mim mesmo, e que eu ainda estava exausto em razão das sequelas da minha febre.

Por um momento, Maram Seck deixou eu me perder em explicações confusas nas quais, com uma falsa modéstia, eu reivindicava uma posição distinta daquela dos outros franceses do Senegal, quando, talvez ao ver minhas feições se crisparem e a fadiga se reapoderar de mim, ela se levantou abruptamente, interrompendo com seu jeito suave meu pequeno discurso motivado pelo amor incipiente que ela me inspirava.

Ela saiu para um canto escuro da cabana no qual, de onde eu estava, não podia distinguir nada e, logo em seguida, voltou para sentar-se ao meu lado trazendo uma pequena cabaça em forma de tigela com um cabo curvo. Ela me entregou e eu bebi lentamente seu conteúdo, uma mistura de coalhada de vaca com pó do fruto do baobá, conhecido como pão de macaco, cujo sabor acidulado saciou minha sede melhor do que teria feito a própria água e me alimentou tão bem quanto o pão. Devia também ser um remédio eficaz, pois eu senti minhas forças voltarem mais rápido do que eu poderia imaginar. Em seguida, depois de colocar a pele da cobra completamente sobre seus ombros e novamente esconder metade do rosto sob o capuz preto estriado de um amarelo-pálido ela me ajudou a levantar e apoiou meus passos fora da cabana.

Era setembro, perto do fim da estação das chuvas. O céu estava carregado de grandes nuvens cuja cor, que lembrava a da casca da berinjela, escurecia aos poucos, como se, graças ao vento que as movimentava, tivessem engolido toda a poeira vermelha dos solos do Cabo Verde para devolvê-la mais tarde, sob a forma de chuvas torrenciais.

Maram Seck me guiou até um canto do pátio de sua concessão cercado de paliçadas da altura de um homem. Havia um grande jarro marrom patinado, de gargalo muito largo, dentro do qual flutuava uma tigela de madeira que ela me indicara, sinalizando que eu podia usá-la para me lavar.

Um pequeno sabão preto, feito de uma mistura de cinzas com uma pasta endurecida que recendia a folha de eucalipto, estava posto sobre um punhado de palha macia do tamanho da palma de uma mão. Maram me ajudou a tirar minha camisa, que ela jogou com a ponta dos dedos numa cabaça cheia de água perto de nós. Deu-me roupas limpas e secas quando retornei à cabana, onde ela me esperava.

O céu ameaçava desabar e, sabendo, por ter lido antes da minha viagem ao Senegal, que a água da chuva era portadora de miasmas, tratei de me apressar. Tomei banho, lavei minha camisa, minha calça e minhas meias. Ao ver a cor da água da cabaça onde eu esfregara as roupas com sabão adquirir o tom de berinjela do céu tempestuoso que corria em nossa direção, entendi o asco de Maram e me senti envergonhado. Uma vez limpo, e minhas roupas parecendo um pouco mais próximas de sua tonalidade original após cinco lavagens, eu as pendurei no alto da paliçada que protegia aquele lugar dos olhares indiscretos. O vento soprava cada vez mais forte. Eu só tive o tempo de me cobrir com um *pagne* que Maram havia deixado para mim e correr até a cabana onde ela me esperava. A cortina de junco trançado que fechava a entrada estava levantada. Assim abrigado, virei-me para assistir ao espetáculo do tornado.

Primeiro vi as quedas d'água vermelho-sangue descambarem do céu. Se as nuvens tinham aquela cor berinjela, era porque haviam absorvido toda a poeira do solo levantada pelo vento. Aquela primeira chuva era perigosa para a saúde. Mas, uma vez passada a catarata impura, caía sobre a terra água limpa e potável. E era assim que, nas aldeias do Senegal, todos os jarros fechados com uma tampa eram abertos àquela chuva benfazeja que vinha logo após a tempestade.

Quando voltei à cabana, Maram se preparava para sair com a cabeça descoberta, usando apenas um *pagne* passado por baixo das axilas, para correr de jarro em jarro, de vaso em vaso, e remover sua tampa. Eu a vi desaparecer atrás de uma das cabanas de sua concessão, sem dúvida ocupada em abrir todos os recipientes possíveis para a boa chuva. De início, fiquei espantado ao vê-la sair sem seu costumeiro disfarce de velha curandeira, mas depois imaginei que ela não temia ser surpreendida naquele momento da tempestade por aldeões que, como ela, deviam estar ocupados em recolher água do céu.

Deixei a entrada da cabana aberta e voltei à minha cama cujos panos e *pagnes* salgados por meu suor febril haviam sido trocados por outros limpos. Um pequeno vaso de barro ocre cheio de furinhos em forma de triângulos, meias-luas e quadradinhos minúsculos deixava passar a fumaça de um incenso que perfumava o ar com um cheiro denso e inebriante de almíscar, que se misturava ao cheiro da casca do eucalipto. À direita da entrada da cabana estava posto sobre o chão um grande balde de madeira com contorno de metal que até então eu não havia visto. Dei meia-volta quando achei ter ouvido, vindo dali, o mesmo barulhinho de água salpicando que me trouxe de volta à consciência na noite anterior. Depois de remover a tampa, uma espécie de grande leque redondo de junco trançado, mergulhei meu dedo indicador na água e imediatamente o retirei ao ver sua superfície se agitar. Lambi meu dedo: tinha gosto de sal. Entendi que o balde deveria abrigar um ou dois peixes de água salgada, cujos barulhinhos haviam me indicado seus movimentos. Fiquei surpreso, mas pensei comigo mesmo que provavelmente Maram os criava para sua prática de curandeira.

Voltei à minha cama e nela encontrei um par de calças grandes de algodão branco e uma camisa comprida aberta nas laterais que Maram havia deixado para mim. A camisa era indiana e fiquei comovido com a beleza de suas estampas. Decorada com caranguejos roxos e peixes amarelos e azuis, estava repleta de conchinhas rosa, cada uma delas escondida em um punhado de algas verde-claras, tudo isso sobre um fundo branco imaculado. Eu me sensibilizei com a atenção de Maram, que me deu roupas visivelmente novas, e pensei que adoraria me barbear para me apresentar a ela na minha melhor forma. Ao passar as mãos em minhas bochechas, senti uma barba de três dias cuja cor ruiva, como a do meu cabelo, não devia me valorizar. Mas meus utensílios de higiene pessoal se encontravam fora do meu alcance. Maram havia me explicado que minhas malas estavam do outro lado da aldeia de Ben, sob os cuidados de Ndiak. Eu não podia nem as reaver nem informar meus companheiros de viagem sobre a minha cura, tamanha era a força da tempestade. Então decidi voltar a dormir para continuar recuperando minhas forças enquanto aguardava o retorno de Maram.

Eu estava prestes a adormecer, pensando que já ansiava por sua volta e por ouvir a continuação de sua história quando escutei, à minha esquerda, por trás da parede em que estava encostada a minha cama, o ranger da tampa de um jarro que Maram certamente acabara de abrir à chuva. Desejoso de vê-la, levantei-me em minha cama e, na ponta dos pés, pude deslizar o olhar para a intersecção entre a parte inferior do telhado de palha e o topo da parede da cabana. O que descobri por aquela fresta me fez estremecer.

Eu devo ter mergulhado no tempo da minha primeira juventude, alguns anos antes da minha viagem ao Senegal quando, católico fervoroso, eu atribuía ao pudor a grande virtude de nos livrar de cometer com demasiada frequência o pecado da carne. Mas, apesar dos princípios da minha educação religiosa, apesar do meu desejo de me afastar daquele espetáculo terrivelmente perigoso e belo, não pude tirar meus olhos de Maram Seck, completamente nua, ocupada em destampar um a um todos os recipientes que ela esperava que a chuva enchesse de água. Ela se livrara do *pagne* que, encharcado, devia incomodá-la em seus movimentos e flanava livre e bela em sua nudez total, como uma Eva negra que Deus ainda não expulsara do Paraíso. A chuva havia lavado a terra esbranquiçada que distorcia sua face, revelando maçãs de rosto salientes e covinhas quase imperceptíveis nas bochechas, mesmo quando ela não sorria. Seus seios inchados de vida pareciam polidos por um escultor, e a finura de sua cintura tornava ainda mais evidente a esplêndida redondeza da parte inferior de suas costas e da parte superior de suas coxas. Sem saber que eu a espionava, seus gestos eram de uma liberdade imensa e nada em sua anatomia escapava ao meu olhar, de modo que me pareceu, mesmo ela sendo uma mulher feita, que não havia sinais de pelos em seu corpo.

    O espetáculo que ela me ofereceu contra a sua própria vontade certamente passou rápido demais antes de ela se afastar para outro lugar da sua concessão. Mas o pouco de tempo que durou, eu me censurei cem vezes por não ter força de vontade o suficiente para tirar meus olhos de todas as belezas de Maram Seck. E fui dormir assim, doente de desejo e de vergonha ao mesmo tempo, por ter abusado dela com o olhar e com o pensamento sem que ela ao menos desconfiasse que eu a espionava correndo nua sob uma chuva providencial.

XXI

Maram só voltou à cabana quando a chuva parou. Ela usava uma roupa de algodão branco e cheirava à grama recém-cortada. Não ousei dizer-lhe nada, envergonhado que estava de tê-la surpreendido em sua nudez, prometendo a mim mesmo pedir-lhe perdão sob um falso pretexto para que ela me concedesse formalmente, sem saber a verdadeira razão.

Agora que sou um homem velho, creio que a culpa que eu sentia não era assim tão grande. Não é absurdo associar julgamentos morais a impulsos naturais? Mas devo admitir que foi minha religião que me impediu de ofender Maram Seck. Se eu tivesse me insinuado, com certeza teria perdido a confiança que a levava a me contar sua história. Um dia, se o mundo em que vivíamos nos tivesse dado a chance, eu a teria pedido em casamento. E se ela tivesse aceitado, eu a teria conhecido, como a natureza nos convida a fazer quando um homem ama uma mulher e uma mulher ama um homem.

Maram e eu nos sentamos de pernas cruzadas um de frente para o outro na cama de onde eu havia espionado Maram menos de uma hora antes. Ela estava tão perto de mim que eu poderia tocá-la estendendo os braços. Seus olhos grandes estavam presos aos meus, cheios de uma candura que me apertava o coração. Tive vontade de aconchegá-la em meu peito. Todos os seus movimentos, vivos e suaves, exalavam um charme gracioso que me fascinava. Ainda era dia na cabana e observei que as palmas de suas mãos, que ela agitava com doçura quando se animava, eram decoradas com desenhos geométricos. Círculos, triângulos, pontos de uma cor ocre escura estavam incrustados em sua pele graças à hena, uma planta que descrevi em uma de minhas memórias. Parecia-me que esses sinais contavam sua história numa escrita desconhecida que só ela sabia decifrar, como aquelas ciganas cartomantes que veem vidas inteiras resumidas nos traçados das mãos de suas vítimas.

– Se eu lhe revelei minha verdadeira pessoa e decidi não esconder de você – disse Maram com uma voz doce –, foi porque senti confiança. Você me parece diferente dos outros homens, tanto os da minha raça quanto os da sua.

Suas primeiras palavras me fizeram corar. Ela não fez por mal.

– A beleza de uma mulher pode ser uma maldição – continuou. – Eu mal tinha saído da infância, e ela já me valeu todos os infortúnios que me trouxeram até aqui, a esta cabana, na aldeia de Ben.

"Um dia, não saberia dizer qual, meu tio, o irmão mais velho da minha mãe, que me tinha como filha desde o desaparecimento dos meus pais, não me viu mais como uma criança. Pouco a pouco, pareceu-me que ele só olhava para mim, em meio aos seus próprios filhos, quando vínhamos cumprimentá-lo na frente de sua cabana. No início, eu me orgulhava da atenção que ele me dava e me esforçava para merecê-la sendo o mais graciosa possível. Eu dizia a mim mesma que tinha sorte de ter sido acolhida por ele. Mas logo seu olhar me intrigou. Ele me perseguia por todos os lugares na concessão com tanta insistência que eu tinha a desagradável sensação de que ele agarrava meus cabelos, segurava-me pelos ombros, rasgava minhas roupas, devorava-me. Eu tentava ao máximo sair do seu campo de visão. Mas era inútil. Sentia-me como uma gazela que, apesar dos saltos inimagináveis e das corridas imprevisíveis, não consegue despistar a besta que está no seu encalço.

"Eu rapidamente entendi que estava à mercê do meu tio, prisioneira de um desejo de homem enquanto eu era apenas uma criança. Exaurida pela ameaça contínua de uma catástrofe que eu não merecia, decidi tomar o cuidado de estabelecer o máximo possível de distância entre nós. Assim, muitas vezes escapei da concessão do meu tio, e até mesmo da aldeia, para não ficar sozinha em sua presença. Logo eu passaria a maior parte do meu dia na floresta ao redor de Sor.

"Meu tio Baba Seck e sua esposa toleravam minhas escapadas por razões diferentes. Ela, porque devia sentir que eu me tornava sua rival e aquilo a repugnava, apesar da minha inocência. Ele, porque provavelmente planejava abusar de mim em um canto da floresta, escondido dos olhares. Minhas primas e primos, mais jovens, admiravam-se com o privilégio que me era dado de correr fora dos limites de nossa aldeia e ser isenta das tarefas do lar que pesavam sobre eles. O único trabalho doméstico que logo passou a ser minha responsabilidade foi o de levar, antes de anoitecer, um pequeno fardo de madeira seca destinada a iluminar a casa durante o jantar.

"No início, a floresta me assustava tanto quanto meu tio, mas ela acabou se tornando meu refúgio, minha família. De tanto percorrê-la em todos os sentidos, observá-la, espiar os animais que a povoam, eu mesma sendo um deles, aprendi as virtudes de muitas plantas. A maior parte do conhecimento que hoje me serve nas minhas atribuições de curandeira, aqui na aldeia de Ben, foi proveniente dos três anos em que eu voltava para a concessão do meu tio apenas ao entardecer, trazendo sempre meu pequeno feixe de madeira para o jantar.

"Os aldeões de Sor, a princípio, acharam o meu modo de viver estranho. Depois familiarizaram-se com ele. Todas aquelas e todos aqueles com quem eu cruzava pela manhã, a caminho de seu *lougan*, seu campo, no entorno da aldeia, cumprimentavam-me com cordialidade. Eu ainda era uma criança, mas muitos começaram a me pedir para trazer ervas ou flores cujas virtudes de cura desse ou daquele mal específico eles me explicavam rapidamente, seja porque haviam observado, seja porque seus pais lhes haviam ensinado. E logo, reunindo todos esses saberes dispersos que eles me comunicavam de boa vontade, tornei-me muito instruída.

"Ganhei certa notoriedade quando consegui curar uma das minhas primas, que, embora tivesse um grande apetite, definhava a olho nu. Na aldeia, diziam que ela havia sido devorada desde o interior por um feiticeiro, um *dëmm* que queria o mal de sua família. Alguns já imaginavam, ao menos é o que penso, que poderia ser eu essa feiticeira maldita. Foi quando decidi tentar curar Sagar para que aquele rumor, que começava a me atingir, não aumentasse.

"Eu devo meu sucesso à sorte que tive de poder observar os animais da floresta sem que eles se preocupassem muito comigo. Eles haviam se acostumado à minha presença discreta, entrei em seu mundo sem fazer ruído.

"Um dia, deparei-me com um macaquinho verde, separado do seu clã, parecendo doente de tão magro, enchendo a boca até não poder mais com raízes de um arbusto que, pacientemente, ele havia desenterrado e depois mastigado por um longo tempo. Intrigada, eu o segui de longe, e, um pouco mais tarde, observei-o se aliviando, dando gritinhos de dor e depois de satisfação ao se virar para ver o que havia expelido. Era um verme enorme, em meio a dezenas de outros bem pequenos que se agitavam em seus excrementos, e que pude observar quando o macaco se afastou. Eu conclui que o que era bom para aquele animal deveria sê-lo para os humanos portadores do mesmo mal. E foi assim, supondo que minha prima Sagar estava atacada por vermes, tamanha era sua magreza apesar de tudo que comia, que preparei aleatoriamente uma poção daquela raiz e pedi-lhe para beber. Ela logo foi libertada daqueles hóspedes que desviavam em seu proveito toda a comida que ela absorvia.

"Desse grande feito nasceu minha reputação de curandeira, e meu tio, na condição de chefe da aldeia, demonstrou publicamente sua satisfação por não precisarmos mais procurar tratamento em outros lugares. O curandeiro de uma aldeia distante exigia muitos presentes como pagamento pelo seu trabalho. Quanto a mim, feliz por conseguir, quase sempre, curar aqueles que me procuravam, só recebia o que me ofereciam de bom grado.

"Meu tio Baba Seck também se alegrava em ver justificado o tratamento privilegiado que eu tinha de me perder na mata nos arredores de Sor quando isso era proibido para as outras crianças. Eu lhe cedia os presentes dos meus pacientes: galinhas, ovos, painço e, às vezes, até mesmo ovelhas. Ele poderia ter continuado aproveitando da riqueza que eu lhe trazia por meio do meu conhecimento e consolidado um pouco mais sua posição de chefe de aldeia graças a mim, mas não conseguiu domar o demônio que o possuía e seu desejo de gozar comigo, mesmo eu sendo sua sobrinha, uma criança entre todas as suas outras.

"É verdade que, após três anos de semiliberdade eu havia crescido tanto que as primícias do meu corpo de jovem mulher, identificadas primeiramente por meu tio, haviam desabrochado. Desde então, quando o encontrava, ele me olhava com uma insistência feroz, um desejo ardente, mas eu acreditava ver também em seus olhos como um desespero profundo, o remorso de um homem que lutava contra si próprio, sem trégua, sem esperanças de curar sua doença de amor por mim.

"O fato de eu sentir pena do meu tio deve ter atiçado a raiva do meu *faru rab*, meu espírito-marido, que provavelmente decidiu, antes que a terra de Sor fosse amaldiçoada por um crime de incesto, que eu deveria deixar minha aldeia natal. Talvez minhas frequentes estadas na floresta também tenham despertado o ciúme de um espírito feminino cujos poderes ultrapassavam os do meu *rab*. Qualquer que seja a razão oculta, a floresta que até então fora meu refúgio brutalmente tornou-se hostil para mim.

"Eu que nunca me deixei surpreender por nenhuma fera selvagem, nenhum animal que rasteje, corra ou voe, eu a quem os pardais-de-garganta-branca ou as poupas-eurasiáticas alertavam ao menor sinal de perigo, eu que conhecia bem todos os truques das presas para escapar de seus predadores, não vi quando ele já estava a alguns passos de mim. Tarde demais.

"Meu tio me agarrou e me apertou em seus braços. Era um homem grande e forte e eu não tinha tamanho para resistir a ele.

"Com o olhar perturbado, ele cochichava em meu ouvido, como se tivesse medo de ser escutado naquele lugar deserto por outra pessoa além de mim: 'Maram, Maram, desde muito tempo você sabe o que quero, você sabe. Façamos apenas uma vez, uma só vez. Ninguém saberá. Depois eu encontro um bom marido para você... Seja gentil, somente uma vez!'.

"Eu sabia o que meu tio queria e eu, eu não queria aquilo. Um dia, surpreendi, ao abrigo de um matagal, um jovem aldeão com sua esposa que viera trazer-lhe comida em seu campo. Eles não me viram enquanto eu os espiava escondida, atrás de uma árvore, em sua dança frenética e alegre, ora ele sobre ela, ora ela sobre ele. Eles pareciam felizes. Eu os escutei gemer e até gritar de alegria ao fim.

"Eu, prisioneira dos braços fortes do meu tio, gemia de horror. Nós tínhamos o mesmo sangue, carregávamos o mesmo nome. Se acontecesse o que ele desejava, estaríamos perdidos, ele, eu, a aldeia de Sor cujos campos e poços pereceriam, irremediavelmente maculados por nosso ato impuro. Não estava na ordem do mundo que ele fizesse de mim sua mulher.

"Eu me debatia, mas meu tio conseguira me jogar no chão e se debruçar com todo o seu peso sobre mim. Ele fedia à madeira queimada, à febre e ferocidade. O suor ácido que pingava do seu rosto caía sobre meus olhos, minha boca. Eu gritava que ele deveria me dar um marido, e não se tornar ele mesmo o próprio. Eu o chamava de pai para que voltasse a si. Tentava lembrar-lhe o nome da minha mãe, Faty Seck, sua irmã mais nova, e do meu pai, seu primo, Bocum Seck. Eu gritava o nome dos seus filhos, Galaye, Ndiogou, Sagar e Fama Seck, para que se lembrasse que eu era um dos seus. Mas ele já não era ele mesmo. Já não via nada, já não entendia quem eu era. Ele me queria. Queria imediatamente, a todo custo, penetrar-me.

"Ele já havia arrancado a roupa que me cobria e tentava abrir minhas pernas quando uma explosão de riso que jorrara da floresta, não muito longe do aglomerado de árvores onde estávamos, o paralisou.

"Cada língua produz uma forma própria de risada. Aquela da qual provinha a gargalhada me era desconhecida e, embora ela tivesse feito meu tio recuar, eu continuava tremendo de pavor. Talvez meu *rab*, meu espírito protetor, tivesse se materializado em alguma criatura situada entre o humano e o não humano para me salvar da situação desesperadora em que me encontrava. Se meu *rab* tivesse se dissociado de mim a ponto de já não poder reintegrar o meu corpo, eu corria o risco de enlouquecer. Eu não teria sobrevivido na floresta não fosse ele. Eu pressentia sua presença em meus sonhos, sob diferentes formas humanas ou animais, sem poder religá-lo precisamente a uma delas, sem poder ainda, naquela época, reconhecê-lo.

"No entanto, aquele que me salvara do desejo monstruoso do meu tio não era um avatar do meu *rab*, mas um homem branco como você, Adanson. Cercado de dois guerreiros negros, ele se aproximou de nós, novamente soltando gargalhadas espasmódicas e agudíssimas, um pouco como fazem as hienas jovens. Mais alto que você, ele trazia consigo um fuzil, assim como seus dois companheiros. Eles deviam estar caçando na floresta de Sor e provavelmente meu *rab* havia guiado seus passos para me salvar uma primeira vez. Mas eu não demoraria a saber que meu *rab* substituíra um grande mal por outro.

"Meu tio ficara de pé e quando me levantei, tentando pegar minha roupa para cobrir minha nudez, o branco parara de rir. Enquanto me vestia, ele me olhava com todo o seu ser, ávido, petrificado. Ele usava um chapéu cuja aba larga projetava uma sombra em parte do seu rosto. Seus olhos brilhavam. Eu não havia conhecido muitos brancos na minha vida, dois no máximo, e de muito longe, homens vindos da ilha de Saint-Louis para caçar nos arredores da aldeia. Ele era singular e aterrorizante. A pele do seu rosto era marcada por incontáveis buraquinhos e manchas como as que se vê na superfície da lua cheia quando ela se eleva no horizonte, no limiar do céu. As asas do seu nariz eram empoladas, cheias de pequenas rachaduras arroxeadas, e seus lábios vermelhos, espessos, deixavam ver dentes estragados cravejados de pontos pretos.

"Sem tirar os olhos de mim, ele começou a falar naquela sua língua tão própria, em que é inútil abrir muito a boca para pronunciar as palavras. Um gorjeio de passarinho. Um dos seus companheiros negros traduzia suas palavras em wolof e entendi que, sem sequer interessar-se por saber quem éramos, de onde vínhamos ou como nos chamávamos, o homem branco queria me comprar do meu tio na condição de escrava.

"Apesar de tudo, meu tio Baba Seck ainda conseguia me inspirar piedade. Ele estava abatido. Comportava-se como uma criança patética apanhada num roubo. Enquanto, normalmente, sua presença impunha respeito, eu via ao meu lado, diante do branco e dos seus dois guardas negros, um homem humilhado. Com a cabeça baixa, ele não tinha acabado de amarrar os cordões de sua calça, incapaz de recusar as más condições que lhe eram impostas para me vender. Ele fora pego em uma situação que não podia ser mais atroz para um pai, um chefe de família e de aldeia. Mas, em vez de escolher morrer naquele momento, de escolher uma saída honrosa, eu vi que ele havia se resignado a continuar vivendo apesar do veneno do crime que correria para sempre em suas veias. A piedade logo me deixou quando entendi que ele me sacrificaria em troca de sua pequena vida de chefe. Parecia até que ele estava aliviado por o destino ter lhe dado uma oportunidade de apagar de sua visão e de sua vida a sua sobrinha, sua tentação, sua vergonha."

Maram parou de falar e me observava, como se tentasse julgar os efeitos de suas palavras sobre mim. Com certeza ela podia ver minha perturbação extrema. Eu achava que conhecia seu tio Baba Seck e descobri que ele era diferente do homem que eu imaginava. Jamais poderia supor, por encontrá-lo com tanta frequência, que ele teria causado a desgraça da sua sobrinha. Ele continuava a viver sorrindo, como se nada tivesse acontecido, protegido por uma respeitabilidade de fachada que podia se desmoronar da noite para o dia se seu crime viesse à tona. Ele teria conseguido dissociar-se de si próprio, e, como muitos seres humanos, construído um muro entre as duas partes distintas de sua alma, uma luminosa, a outra escura? Ele sentia remorsos ou encontrara um jeito de se desvincular do ato que arruinara Maram?

Imaginei que Baba Seck tivesse me contado a história inventada do desaparecimento da sua sobrinha com um propósito específico. Ele não estaria tentando atiçar minha curiosidade para me enviar, como um batedor, à caça de Maram como se caça um animal selvagem e assim ajudá-lo, de um modo que eu ainda desconhecia, a livrar-se dela?

Ele deve ter estremecido diante do relato de Senghane Faye, o enviado de Maram, que queria saber se seu funeral em Sor já havia sido organizado, e que exigia que ninguém fosse vê-la na aldeia de Ben. Ela não estaria, assim, ameaçando-o implicitamente com a denúncia de seu crime? Maram deve ter dito tudo isso ao seu mensageiro para torturar seu tio que achava ter se livrado dela para sempre vendendo-a a um branco.

Outro fato me preocupava e certamente complicaria o provável plano de vingança que ela imaginara contra Baba Seck. Eu já não duvidava que o homem branco com a pele marcada pela varíola que ela havia descrito fosse o diretor da Concessão do Senegal, Estoupan de la Brüe. Sendo assim, minha presença expunha Maram a um perigo do qual ela não imaginava sequer um quarto da gravidade.

XXII

Enquanto eu refletia, Maram retomou o fôlego. A noite subitamente invadiu sua grande cabana. No Senegal, o crepúsculo que conhecemos na Europa não existe: a passagem do dia para a noite não é lenta como em nossas latitudes, mas brutal. Maram não fez nada para iluminar o ambiente e pensei que ela estava certa. O que tinha para me revelar, como o início de sua história anunciava, só podia ser contado em uma escuridão protetora, e não sob uma luz demasiadamente crua que tornaria ainda mais insuportável o espetáculo pavoroso das feridas de sua existência.

– Meu tio Baba Seck me vendeu a um branco em troca de um simples fuzil. Eu devia desaparecer para que ele pudesse ter a certeza de manter sua vida de antes. Eu ainda me joguei aos seus pés e lhe implorei para não me vender, prometi que não diria nada a ninguém da aldeia. Ele desviou de mim horrorizado, como se eu tivesse me tornado um objeto repugnante para ele. Abstive-me de gritar que ele era meu tio na frente dos dois guardas negros que acompanhavam meu comprador branco e que poderiam ter traduzido as minhas queixas para ele. Eu não queria que fosse dito que Baba Seck tentara abusar de sua própria sobrinha. Aquilo só acrescentaria vergonha à própria vergonha.

"Meu tio, que estava ansioso para me ceder ao branco antes que o alcance do seu crime fosse revelado, recebeu o fuzil entregue por um dos dois guardas e fugiu sem lançar um olhar para mim. Mas eu tenho mais honra do que ele. Nunca o branco e seus dois comparsas souberam que eu havia sido vendida em troca de um fuzil pelo próprio irmão da minha mãe. Essa era a única coisa que me importava naquele caos, no desastre para o qual fui arrastada por meu tio. Ao meu redor e dentro de mim, o mundo se desmoronava, mas salvei a honra da minha família.

"Meus sequestradores queriam sair discretamente dos arredores de Sor. Para isso, precisavam ir até o rio, onde uma piroga nos aguardava presa às raízes de um mangue, ao custo de um grande desvio. Durante nossa longa caminhada ao abrigo da floresta, eu poderia ter tentado fugir, gritar, pedir socorro ao meu *rab*, a todos os espíritos da floresta para que me ajudassem a reencontrar minha liberdade, pronta para me comprometer em pensamento a casar-me com um deles, mesmo que isso significasse ficar estéril e nunca mais poder fundar uma família humana. Mas nada disso aconteceu: eu não tinha nem forças nem vontade para fugir. Estava devastada pela desgraça que se abatera sobre mim. Minhas pernas cambaleavam e mal conseguiam me carregar. Meus ombros, minhas costas e minha cabeça doíam e eu andava sem ver nada no meu entorno, chorando, sufocada de dor e desespero.

"Escondida sob uma rede de pesca, no fundo da piroga onde os três homens haviam me jogado antes de nos lançarmos no rio, adormeci de repente, apesar da água parada que banhava a metade do meu rosto. E, num sonho repentino em que toda a floresta pingava de sangue, entrevi meu *faru rab* envolto num *pagne* preto e amarelo, acenando em minha direção como se me dissesse: 'Volte, volte!'.

"Era um homem bonito, alto e muito forte, com a pele reluzente, que chorava enquanto ao seu redor a vegetação estava vermelha, como se a casca das árvores e das plantas estivesse ensanguentada pelo sacrifício de milhares de animais cujos corpos haviam desaparecido, levados por djins. Meu *rab* não escondeu de mim o seu pranto, gritava que me amava e que deveria ter me guardado melhor para si mesmo. Ele me pediu perdão por não ter me protegido naquele dia bem como durante os três anos em que fomos felizes juntos. Depois, ainda prisioneira do meu sonho, tive a impressão de que ele se desmoronava muito lentamente. Sua boca começou a se alargar desmesuradamente, seus olhos a se amarelarem, sua cabeça a se achatar e se tornar triangular. A roupa que o envolvia se incrustava em sua pele. Ele se enrolava sobre si mesmo, a cabeça baixa, o olhar sempre fixo em mim. Meu *rab*, meu espírito protetor, era uma enorme jiboia. Ele se mostrara a mim em sonho bem antes do tempo previsto. Minha iniciação não havia terminado, eu tinha apenas dezesseis anos, mas era a coisa mais importante que lhe restava a me oferecer antes de eu deixar para sempre a floresta de Sor.

"Eu acordei diferente depois desse falso sonho. Se estava devastada quando a piroga deixou a costa do país de Sor, naquele momento passei a me sentir estranhamente poderosa. Enquanto os três homens que me mantinham prisioneira esmagavam-me com os pés violentamente, mesmo eu mal conseguindo respirar, emaranhada numa rede de pesca, e quase me afogando na água parada no fundo da piroga, tinha a sensação de que não era mais eu quem corria perigo, mas os meus três sequestradores. Grandes calafrios, quase agradáveis, percorreram minhas costas e, como a noite aprisionou o rio, pareceu-me, contra toda evidência, que eu havia deixado de ser presa para ser predadora.

"Eu sentia as oscilações da piroga e imaginei que meu *rab*, meu espírito guardião, nadava sob ela, esperando o momento propício para virá-la e me salvar. A princípio pensei que o grande atrito que percebi sob nosso barco era ele que finalmente nos atacava, mas era apenas o roçar do casco da piroga ao atracar em uma margem da ilha de Saint-Louis.

"O barco foi içado para a areia pelos dois homens que acompanhavam o branco. Eles estavam furiosos pois lhes era extremamente penoso levantá-lo suficientemente alto sobre a costa para que ele não molhasse os pés ao descer. Eu os escutei praguejar violentamente até que o branco ordenou em wolof que se calassem. Deveriam parar com aquele barulho. Eles insultaram baixinho sua mãe, sua vó e todos os seus ancestrais antes de me arrancarem impiedosamente do fundo da piroga. Cada um deles me segurava sob uma axila e, apesar da escuridão e da rede que me cobria, eu conseguia distingui-los. Meus sentidos e minhas percepções pareciam dilatadas. Eu acreditava ver, ouvir, sentir melhor do que nunca, como se meu *faru rab*, meu marido-serpente, tivesse me recompensado com poderes sensitivos sobre-humanos.

"Os dois capangas do branco eram guerreiros, mercenários que o rei de Waalo havia colocado à sua disposição para proteger suas escapadas nos arredores de Saint-Louis. Um deles estava mais enfurecido do que o outro porque foi a ele que o branco ordenara que trocasse seu rifle por mim. Quando não traz consigo uma arma de fogo, um guerreiro profissional como ele se sente nu. Irascível por princípio, briguento, sobretudo depois de ter bebido desse conhaque ruim com o qual ele é pago, ele mata sem remorsos se supõe que lhe faltaram com o respeito. As pessoas de sua espécie são temidas e odiadas por todos os camponeses do Senegal, pois são fazedores de escravos, seres violentos.

"Eu vi muito bem aqueles dois mercenários e posso lhe dizer, Adanson, que um desses homens da sua escolta é aquele que precisou ceder o fuzil para que eu lhes fosse entregue. Ele já tinha cabelos brancos. Eu até sei seu nome: chama-se Seydou Gadio. E o outro, Ngagne Bass."

Maram se calara, como que para me dar o tempo de compreender tudo o que ela me dizia. Eu ainda ignorava quem era esse Seydou Gadio. Iria saber apenas no dia seguinte pela boca de Ndiak. Seydou Gadio era o homem que havia colocado um pequeno espelho na frente da minha boca para verificar se eu ainda respirava quando mergulhei em letargia em Keur Damel, a aldeia transitória do rei de Kayor. Foi também graças à maca improvisada que ele concebera para me transportar até Ben que eu ainda estava vivo. Nós bem que suspeitávamos, Ndiak e eu, que Estoupan de la Brüe havia colocado um de seus espiões em nossa escolta. Ouvir isso de Maram dava à nossa suposição uma realidade ainda mais dramática, pois anunciava mais um infortúnio para ela.

Enquanto me deixava levar por pensamentos amargos, Maram se levantara na escuridão. Eu a escutei caminhar com leveza e depois remover a grande tampa de junco trançado que cobria a abertura do balde de água do mar que eu havia notado perto da entrada da cabana, durante a tempestade. Logo em seguida, ouvi um leve respingo, provavelmente causado pelos peixes que roçavam uns nos outros. No mesmo momento, o halo daquela luz azul e vaporosa que perturbara meu sono no meio da noite passada, tão irreal que me parecera, subiu suavemente ao céu da cabana. Graças a ela, comecei a discernir a silhueta de Maram cujos contornos do vestido branco refletiam aquela luminescência.

Subitamente entendi. Como eu não havia pensado antes? Maram nos dera a luz vinda do mar. A água do balde difundia aquele halo azulado puxado para verde-claro que eu pude observar no meio da noite, durante a minha primeira viagem de barco da ilha de Saint-Louis à ilha de Gorée, três anos antes. Eu havia me refugiado no convés para fugir do calor sufocante do porão onde Estoupan de la Brüe me instalara em total desrespeito às leis de hospitalidade e humanidade, apesar dos enjoos que ele sabia que o balanço do mar me causava. Quando nosso barco parou na metade do caminho entre o continente e a ilha de Gorée, pude contemplar o fenômeno da natureza tantas vezes descrito por marinheiros acostumados a cruzar a linha dos trópicos. Às vezes, nessas zonas tórridas, o mar se ilumina desde o interior e parece de repente ter a estranha capacidade de revelar todos os tesouros escondidos em seus abismos. E foi assim que meu enjoo desapareceu quando vi desfilar, sob o vão do barco imóvel, milhares de formas tão cintilantes quanto pedras preciosas costuradas na trama de um tapete luminoso e cravejadas de filamentos de algas marinhas, às vezes prateados, às vezes dourados.

Que Maram tenha recolhido aquela água salgada e fosforescente para iluminar sua cabana à noite foi algo que aumentou minha ternura por ela. Se eu não compartilhava da sua representação de mundo, nem acreditava na existência do seu *rab*, quimera de uma dessas religiões arcaicas na qual o homem e a natureza são um só, fiquei exultante com a ideia de que sentíamos atração pelas coisas belas, ainda que inúteis. Pois se a luminescência proveniente do balde de água do mar iluminava bem menos do que uma vela e ainda menos do que uma lâmpada a óleo, ela era de uma beleza comovente.

Maram e eu éramos igualmente sensíveis aos mistérios da natureza. Ela, por cocniliá-los, eu, por penetrá-los. Era uma razão a mais para amá-la, se é verdade que razão tem alguma coisa a ver com amor.

XXIII

Silenciosa e leve como uma pluma que cai do céu, Maram voltou a sentar-se de frente para mim na cama. Eu estava muito comovido com o presente ingênuo que ela parecia querer me dar ao nos envolver com aquela luz poética, com aquela fumaça de céu azul banhada de noite. Estava prestes a dizer-lhe com minhas pobres palavras em wolof que eu sentia por ela mais do que ternura quando, interrompendo-me, ela retomou sua história.

Eu devia então me contentar em ser para ela apenas um ouvido atento. Ela se entregava a mim com palavras e eu tentava imaginar o porquê. Contar-me a história de sua vida era uma opção, uma escolha, uma marca de predileção. Teria sido porque eu era extremamente estrangeiro ao seu olhar? Um homem e branco? Talvez eu estivesse condenado a nunca ser mais do que um confidente passageiro, um efêmero. Eu me sentia como um confessor de seus infortúnios, alguém que Maram poderia a qualquer momento jogar fora, longe de sua visão, para livrar-se deles.

– Assim que nossa piroga saiu da água, o branco desaparecera e me deixara nas mãos dos dois guerreiros, dando-lhes a ordem de só me levar ao forte na calada da noite, ao abrigo dos olhares. Meus dois guardas me amarraram no tronco de um ébano, não muito distante da margem do rio, e sentaram-se a alguns passos de mim para fumar cachimbo e tomar alguns goles de conhaque. Se o momento me parecia propício para meu *faru rab* vir em meu socorro, ele não apareceu. Imaginei que o lugar onde estávamos já fosse muito longe de Sor para ele poder me salvar. Mas não cedi ao desespero e continuei buscando uma maneira de fugir. Quando Seydou Gadio e Ngagne Bass não estavam prestando atenção em mim, tentei soltar a corda que eles haviam amarrado em torno dos meus punhos passando por trás do tronco da árvore onde eu estava encostada, sentada no chão. Apesar do meu esforço, nada pude fazer e decidi preservar minhas forças e me preparar para fugir quando outra oportunidade se apresentasse.

"Ela não apareceu no percurso para o forte, no qual, após uma longa caminhada, meus dois guardas acabaram me jogando num cômodo úmido, pintado de branco, fechado por uma porta de madeira espessa como eu nunca vira. Permaneci lá, deitada no chão numa semiescuridão, ainda à espera.

"Pouco tempo depois, a porta se abriu para uma velha mulher. Iluminada por uma vela, ela aproximou-se timidamente, repetindo que eu não me irritasse, que não me alterasse. Ela não me faria mal, traria água, comida, utensílios para o banho e roupas para eu me vestir. Uma criança a seguia, carregando uma cabaça com cuscuz de carneiro e um copo de água fresca. Aquela mesma mocinha muito jovem, cujo rosto eu mal podia ver sob a luz da vela, depois que comi e bebi um pouco, despiu-me do meu *pagne* manchado de terra. Não ofereci nenhuma resistência, tamanha era a minha exaustão. E a velha continuou falando comigo enquanto a pequena me lavava, me secava e tentava me vestir com uma roupa desconhecida e incômoda que eles chamavam de 'vestido'. Senti-me muito apertada nele e, como descia até os pés, entendi que atrapalharia meus passos. Aquela veste, que cobria grande parte do meu corpo, era feita de um tecido brilhante em que figuravam grandes flores de uma espécie que eu desconhecia. Era uma roupa-prisão que colocaram em mim para impedir minha fuga.

"Eu mal estava vestida quando a velha mulher e a mocinha se eclipsaram enquanto os dois guerreiros retornavam. Subimos uma escadaria de pedra na qual quase caí diversas vezes, tamanha era a restrição de meus movimentos devido ao vestido. Assim que saímos do forte, eles jogaram sobre mim, para me esconder, a mesma rede usada para me camuflar no fundo da piroga, algumas horas antes. Depois, vendo que por conta do seu peso, acrescido àquele da minha nova roupa, eu tropeçava a cada passo, eles julgaram preferível, para avançar mais rapidamente, enrolar-me diversas vezes com a rede e carregar-me como um saco. Eu só tinha dezesseis anos e era mais leve do que sou agora, mas isso não impediu os dois homens de maldizerem o rei de Waalo que os havia enviado para servir aquele maldito branco que atendia pelo nome de Estoub. Eles não eram escravos, mas guerreiros. Estavam ansiosos para voltarem a servir o seu rei e novamente guerrearem.

"Depois de terem se insultado copiosamente, acusando-se mutuamente de não trabalharem o suficiente para me carregar, calaram-se de repente. Eu não discernia nada na noite negra, mas os escutava informar a um guarda, sem parar, que carregavam um pacote a ser entregue no quarto do branco Estoub. Pareceu-me que estávamos subindo, e seus pés começaram a bater no chão, que já não estalava como a areia das margens do rio, mas soava um pouco como a pele de um tambor. A julgar por seus movimentos e pelo desacelerar da caminhada, havíamos entrado em um lugar onde eles precisavam se curvar para avançar. Acabaram me jogando em um local escuro e bastante reduzido, sem me livrarem da rede que me aprisionava.

"Por um tempo que me pareceu muito longo, permaneci deitada sobre um chão de madeira que tinha um cheiro estranho, perceptível apesar do odor de peixe incrustado na rede, cujas malhas sobrepostas me sufocavam.

"De repente, um alvoroço e gritarias me deixaram aos sobressaltos. Eu devia ter adormecido, apesar do desconforto da minha posição, pois fui inundada de luz. O chão que oscilava sob mim e o barulho da água me fizeram compreender que eu estava em uma daquelas pirogas enormes construídas por vocês, brancos, senhores do mar. Talvez estivessem me levando para além do horizonte, para aquele lugar de onde os negros nunca voltam. Fiquei à beira do choro: parecia-me que estava perdida para sempre da minha aldeia de Sor."

Maram se calara, como se refletisse sobre as próprias palavras. Às vezes, quando nos voltamos para nosso passado e nossas antigas crenças, deparamo-nos com um desconhecido. Esse desconhecido, porém, não é totalmente desconhecido, porque somos nós mesmos. Embora esteja sempre ali, em nosso espírito, muitas vezes ele nos escapa. E, quando o reencontramos no contorno de uma lembrança, repensamos esse outro "nós mesmos", às vezes com indulgência, às vezes com raiva, às vezes com ternura, às vezes com pavor, antes que ele se volatilize novamente.

    Eu atribuía à Maram aqueles pensamentos que me pertenciam. Imaginava que fosse possível que ela os concebesse ao mesmo tempo que eu, como se, em momentos difíceis e tristes, certas palavras tivessem o dom de gerar devaneios idênticos nos dois interlocutores implicados. Ou, pelo menos, eu esperava de todo o meu coração que assim fosse, pois eu amava Maram. Mas, por sua história, temia que ela nunca compartilhasse do meu amor. Eu era da raça de seus opressores.

XXIV

Na penumbra da cabana, eu não conseguia ver os olhos de Maram. Apenas os contornos de sua cabeça e de seu peito apareciam para mim, fracamente iluminados. Eu amava sua voz doce e firme que preenchia minha alma com sua calma. Todas as línguas, até as mais ásperas, ficam mais suaves quando faladas por mulheres. E, para mim, o wolof, que já me parecia uma língua maravilhosamente terna, ficava sublime na boca de Maram.

Eu havia chegado a um ponto em que perdi de vista meu francês. Estava imerso em outro mundo, e a tradução das palavras de Maram em meus cadernos, minha querida Aglaé, não pode refletir os lampejos de cumplicidade que ela gerava. Talvez eu tenha sonhado que Maram falava comigo numa língua única, destinada somente a mim, que não era a língua da mera comunicação de sua história a uma pessoa qualquer. Sentia na sua forma de falar comigo algo de amigável que me dava esperança, apesar de todos os seus infortúnios, de que ela me distinguisse de outros homens, brancos ou negros.

Essa intuição não aparece na história de Maram que deixo para você, Aglaé, e posso assegurar-lhe que se a minha tradução de suas palavras não é exata, é porque eu as acompanho em todas as emoções contraditórias que provocam em mim ainda hoje. Digo-lhe também que há no wolof uma concisão que o francês não tem, e que, às vezes, o que Maram me dizia numa única frase marcante cuja lembrança exata consigo recuperar, vejo-me obrigado a transcrever em três ou quatro frases em francês.

É verdade também que Maram não me contou sua história exatamente como eu a transmito para você. Mas quanto mais escrevo, mais me torno escritor. Se me acontece de imaginar o que aconteceu quando esqueço o que ela me disse precisamente, nem por isso é uma mentira. Pois agora parece-me justo pensar que somente a ficção, o romance de uma vida, pode dar um verdadeiro panorama de sua realidade profunda, de sua complexidade, iluminando opacidades na maior parte das vezes indiscerníveis para a própria pessoa que a viveu.

Maram continuou me contando sua triste história e eu a narro para você em uma língua que nos é comum, minha querida Aglaé, mas que me separa do meu amor de juventude. Eis então a continuação do que lhe aconteceu no barco de Estoupan de la Brüe, e que te conto com minhas próprias palavras.

– A porta do local onde eu estava se abriu e escutei passos vindo em minha direção. Empurraram-me com o pé. Era o branco Estoub. Eu não conseguia vê-lo, mas ele vociferava entre os dentes na sua língua de passarinho. Parecia furioso e logo saiu batendo a porta atrás dele. Pouco depois, alguém entrou e tratou de livrar-me da rede de pescador na qual eu estava enroscada.

"Não era tarefa fácil e foi a velha mulher que havia se ocupado de mim no forte de Saint-Louis que se dedicara a ela. Ao me desenrolar um pouco, ela soltou um grito. Minha aparência a assustara. As malhas da rede haviam se incrustado nas carnes das minhas bochechas e da minha face a tal ponto que parecia que metade do meu rosto estava coberta de escarificações rituais em forma de escamas de peixe. Eu não conseguia me ver, mas entendi, pela fala da velha mulher, que minha beleza havia desaparecido e que eu havia me tornado repugnante. Meus olhos estavam empolados, inchados pelas lágrimas contidas desde que fui tirada da piroga dos meus sequestradores, e meus cabelos emaranhados provavelmente cheiravam a peixe. O tecido do vestido que haviam me dado no dia anterior estava sujo de manchas que cobriam todo o seu estampado floral.

"A velha mulher, que se apresentou com o nome de Soukeyna, pôs-se a chorar enquanto me despia. Ela repetia: "Minha pobre menina, o que fizeram com você?", com um tom tão penoso que quase me desmanchei em lágrimas. Mas me contive, pois não queria demonstrar nenhum sinal de fraqueza. Aquela mulher, cuja pele estava enrugada como a de um elefante, era a criada do branco Estoub. Ela havia me vestido, lavado e alimentado no dia anterior para oferecer-me a ele em bom estado. Eu era ainda muito jovem, mas entendi que no novo mundo onde fui forçada a entrar estava destinada a dar prazer ao mestre branco que me comprara por um rifle. O meu tio lhe mostrara para o que eu poderia ser útil. A velha Soukeyna talvez estivesse chorando também por seu próprio destino, prevendo que Estoub ficaria extremamente descontente por não pode desfrutar de mim tão rapidamente quanto esperava.

"Eu não sei que imagem Soukeyna pintou de mim para Estoub, mas ele me deixou em paz por seis dias, durante os quais pude recuperar minhas forças graças ao repouso, aos cuidados e à comida abundante e variada que a velha mulher trazia para mim pela manhã e à noite. Ela havia lavado meu corpo inteiro desde o primeiro dia e me mostrara o local do quarto, escondido por uma pequena paliçada de madeira, onde eu podia fazer minhas necessidades: uma espécie de cadeira com um buraco sob o qual deslizávamos um baldinho que ela retirava duas vezes por dia para jogar o conteúdo ignóbil no mar.

"Durante os três primeiros dias, caí num sono pesado e só acordava quando Soukeyna vinha se ocupar de mim. Ela dedicava um cuidado todo especial ao meu rosto e previ que quando sua reparação completa fosse anunciada, Estoub viria me fazer uma visita. Eu havia decidido não conversar com aquela mulher que não parecia descontente por eu estar calada, como se temesse sobrecarregar ainda mais, e talvez novamente, sua velha memória com um novo peso de remorsos.

"No quarto dia, tendo recobrado minimamente a consciência, dormi bem pouco. Observei que uma pequena luz atravessava um tecido espesso estendido no alto da parede em que minha cama estava encostada. Eu havia escutado as ondas por trás daquela parede e, a julgar pelo balanço do "bateau", como Soukeyna o chamava em francês, concluí que estávamos em alto-mar. Tive toda a certeza quando, ajoelhada em minha cama, levantei o tecido que escondia um pedaço de tábua que afastei e recebi em pleno rosto uma brisa de água salgada. Minha pele pinicava, pois minhas feridas mal haviam fechado, mas aquela entrada de ares marinhos no quarto onde estava confinada havia vários dias me fez bem. Respirei fundo, e aquele exercício que, desde então, pratiquei em todas as horas do dia e da noite, devolveu minha coragem.

"Com um pouco mais de luz eu poderia explorar aquele quarto que estava longe de ser tão vasto quanto a cabana onde estamos, Adanson. Provavelmente, era lá que o branco Estoub dormia quando pegava o barco para visitar seu irmão em Gorée partindo da ilha de Saint-Louis, de acordo com o que a velha Soukeyna havia me contado. Além da minha cama, de uma pequena mesa e um grande baú, não vi nada mais naquele lugar que deviam ter esvaziado de outros objetos antes de me aprisionarem ali.

"Notei que a velha Soukeyna abria pela manhã o baú para pegar as roupas que deveria em seguida levar para Estoub. Mas ela o fechava à chave, tão cuidadosamente como o fazia com a porta de entrada do cômodo onde me mantinham prisioneira. O baú de madeira era grande, revestido de couro escuro, suas laterais reforçadas por pregos brilhantes de cabeça saliente, alinhados muito perto uns dos outros.

"No sexto dia, porém, Soukeyna esqueceu de fechá-lo à chave. Assim que ela saiu, fui afastar a tábua de madeira que abria minha prisão ao mar para ter mais claridade. Iluminado pela luz do dia, o couro do baú me pareceu menos escuro. Dele emanava um cheiro açucarado, como o de uma flor. Ajoelhei-me de frente para ele e levantei a tampa pesada.

"A princípio, só vi uma pilha de roupas brancas: meias, camisas, calças como a sua, Adanson. Não tendo encontrado nada de interessante, eu já ia fechar o cofre com receio de Soukeyna me surpreender vasculhando-o, mas, subitamente, decidi esvaziá-lo por inteiro para ter a certeza de que não havia nada de útil guardado ali. Sob as roupas brancas de

Estoub apareceu, num primeiro momento, um pequeno bastão de ferro dourado fechado num recipiente de vidro redondo que pensei poder roubar sem ninguém perceber. Em seguida, apareceu uma corda bastante longa que, associada ao objeto anterior, talvez favorecesse o projeto de fuga que começava a nascer em meu espírito.

"Eu estava quase chegando ao fim das minhas buscas, quando senti sob minha mão uma textura estranha. Não era um tecido. Camuflada sob uma longa túnica de Estoub, apalpei às cegas uma espécie de superfície macia, ligeiramente oleosa e levemente irregular. Afastei as últimas roupas de Estoub e me surpreendi com a descoberta.

"Forrando exatamente o fundo do baú e dobrada precisamente em sete camadas, encontrava-se a pele do meu *rab*, do meu demônio guardião. Ela era de um preto profundo estriado de faixas amarelo-claras no mesmo padrão do *pagne* que meu *rab* vestia quando apareceu para mim em sonho, logo antes de se metamorfosear em jiboia gigante. Quis morrer de felicidade e gratidão. Então meu *rab* não me abandonara! Apesar da minha distância de Sor, ele ainda me protegia! Nada poderia me roubar a convicção de que minha descoberta não era uma coincidência. Meu *rab* não estava morto, ele vivia em mim e eu sobreviveria graças a ele.

"Pouco importava como Estoub obtivera aquela imensa pele de jiboia. Talvez ela tenha sido presente de um de nossos reis que quis mostrar-lhe que os animais do Senegal poderiam ser monstruosos. Talvez ele mesmo tenha caçado ou comprado de outro caçador. Apertada como estava no fundo do baú de roupas, Estoub visivelmente pagava um alto preço para conservá-la a fim de que não secasse nem perdesse suas cores. Mas eu tinha mais direito àquela pele de jiboia do que ele. Ele se valia dela apenas como um objeto de ostentação, talvez para afirmar que havia caçado e matado um monstro, enquanto para mim aquela pele abrigava uma alma gêmea à minha. Então eu a retirei do baú e a enrolei, amarrando-a com diversas voltas da corda que encontrei no mesmo local. Havia espaço suficiente sob minha cama para colocar a pele do meu *rab* e tomei o cuidado de forrá-la com um *pagne* que descia até o chão para escondê-la do olhar de Soukeyna.

"Em seguida, tive o tempo necessário para arrumar as roupas no baú, torcendo para que a velha mulher não notasse que eu o havia vasculhado. Quando voltou para fechá-lo à chave, ela não se deu ao trabalho de abri-lo novamente para verificar seu conteúdo, enquanto eu fingia dormir.

"No final do sétimo dia de navegação, ao fim da tarde, Soukeyna me avisou que estávamos próximos da ilha de Gorée e que naquela mesma noite Estoub viria me ver. Ela me trouxera um belo vestido cujo tecido tinha a cor perolada e cambiante do interior de uma grande concha exposta ao sol. Fingi receber o vestido com prazer, o que encorajou Soukeyna a me aconselhar a ser gentil com Estoub. A velha mulher acrescentou que se eu o agradasse, só poderia tirar grandes vantagens disso. Se eu fosse do seu gosto, ele me designaria como sua concubina principal em Saint-Louis e, com jeito, eu poderia me tornar rica o bastante para me alforriar de qualquer protetor quando ele retornasse à França ou morresse. Graças a todas as riquezas extorquidas dele, eu poderia comprar o marido do meu agrado e, por que não, vingar-me cruelmente da pessoa que me vendeu a Estoub.

"Deixei-a dizer tudo o que ela queria que eu acreditasse, pois, fortalecida por ter descoberto que meu *rab* continuava velando por mim desde o momento que encontrei sua pele, estava convencida de que a vida de concubina que Soukeyna havia previsto para mim não chegaria. Não nasci para ser escrava de Estoub e nem de ninguém. Se um dia eu conseguisse me vingar do meu tio, não seria graças às riquezas que minha beleza teria extorquido de um branco.

"Balançando a cabeça discretamente como para indicar à Soukeyna, mas sem ênfase, que eu começava a aceitar o que queriam de mim, vesti uma espécie de calcinha de tecido branco que ia até os joelhos e cuja parte frontal era descosturada de propósito. Depois me ajudou a colocar o vestido cor de concha de tal forma que supus que ela gostaria de facilitar para Estoub o trabalho de tirá-lo. Ela não amarrou o laço nas minhas costas, o que acabou sendo de uma enorme ajuda para o que viria em seguida.

"A velha mulher, pouco depois do pôr do sol, voltou com 'velas', sete no total, que ela acendeu e colocou em um grande prato sobre a mesinha perto da cama cujos 'lençóis' ela havia trocado. Deu-me conselhos de 'mulher experiente', segundo suas próprias palavras. Provavelmente, ela mesma havia sido a concubina de um branco em sua juventude.

"Soukeyna devia ter prometido mundos e fundos a Estoub, pois ele sorria com todos os seus dentes horríveis quando entrou, no meio da noite, no cômodo onde eu era mantida prisioneira havia sete dias. Mas seu sorriso não atenuava a crueldade de seus olhos e, esperando-o deitada na cama, como Soukeyna havia me recomendado, tive a mesma impressão da primeira vez que me deparei com seu olhar. Ele parecia prestes a me devorar.

"Estoub usava uma espécie de chapéu de algodão branco amarrado sob o queixo e uma camisa larga da mesma cor. À luz das velas, seu rosto que enrubescia cobria-se pouco a pouco de manchas de sangue que circulavam sob sua pele. Ele começou a balbuciar palavras incompreensíveis enquanto estendia suas duas mãos em direção ao meu peito. Mas quando inclinou-se em minha direção para apalpar meus seios, eu o golpeei de súbito na têmpora esquerda com o objeto de ferro dourado que tirei do seu baú, e que eu havia escondido em minha mão direita sob uma dobra do vestido, ao longo do meu corpo. Como aquele golpe o atordoou, tive tempo de dobrar minhas pernas sob ele e relaxá-las imediatamente, batendo muito forte em seu peito com a sola dos meus dois pés. Meu *rab* deve ter compartilhado sua força comigo naquele instante, pois a cabeça de Estoub atingiu o teto, que não era muito alto, com tanta violência que ele desmaiou inconsciente perto da cama.

"Meu primeiro cuidado, antes mesmo de me livrar do vestido, foi mover o corpo inerte de Estoub para recuperar a pele do meu *rab*-serpente que eu havia escondido debaixo da cama. Uma vez completamente nua, prendi na minha cintura a corda que amarrava a pele do meu totem. Peguei-o em meus braços e, depois de soprar as sete velas, abri a porta da minha prisão que Estoub não havia fechado ao entrar. Ela dava para um corredor que terminava em três degraus. Temendo que o barulho da queda pesada de Estoub tivesse chamado a atenção, esperei um instante antes de correr o mais discretamente possível em direção à escada, que subi muito rapidamente. O rolo de pele do meu *rab* não atrapalhou minha corrida. Ele era leve e eu tinha a impressão de estar voando.

"Logo cheguei ao ar livre e, quando estava pronta para enfrentar qualquer um que aparecesse na minha frente, Soukeyna, um marinheiro ou, ainda, um dos dois guardas de

Estoub, não encontrei ninguém. Parecia que o barco estava deserto ou que eu havia milagrosamente adquirido a capacidade de ser invisível e inaudível.

"Escondi-me atrás de uma espécie de grande fardo perto de uma das bordas do barco. Olhei para o céu: a julgar pela posição das estrelas, ainda estava longe de amanhecer. A lua estava negra, mas pude observar à minha direita a sombra de uma ilha que devia ser Gorée. À minha esquerda, do lado oposto, uma grande massa de terra escura barrava o horizonte. Mas o que me chamou a atenção foi o estranho estado do mar. Ele brilhava desde o interior. Dele irradiava um véu de luz opalina que me deu a impressão, quando desci a escada presa no flanco esquerdo do barco, que o mundo estava do avesso. Eu estava prestes a mergulhar num céu líquido, profundamente luminoso e aberto, enquanto saía de um lugar fechado, prisioneiro de uma escuridão pesada.

"Eu não tinha medo de afundar naquele mar como um céu invertido – como todas as crianças de Sor, aprendi a nadar num riacho perto de nossa aldeia. Com uma mão agarrada na pele enrolada do meu espírito protetor que, eu esperava, flutuaria por muito tempo antes de se encharcar de água, comecei a nadar em direção à terra do Cabo Verde. Sua pele me parecia ainda mais escura, pois o mar estava translúcido e fosforescente ao mesmo tempo. Mas, felizmente, ninguém do barco me vira na água, apesar de ser o último lugar onde eu poderia me esconder.

"Protegida por meu *rab*, não fui atacada pelos tubarões que infestam aquela costa para se alimentar da carne dos escravos jogados ao mar quando estão doentes ou tentam fugir de Gorée a nado. Não sei que recompensa meu espírito protetor ofereceu ao espírito do oceano para me salvar das águas, mas uma forte corrente me levou rapidamente em direção à terra firme.

"Subitamente, o mar se apagou para se confundir com a noite. O barulho das águas rebentando lentamente na costa se fez ouvir. A grande muralha escura de uma floresta se aproximava suavemente de mim enquanto a pele do meu totem começava a afundar na água e a me arrastar com ela. Presa, por um breve momento, em um borbulhamento de espuma, senti sob meus pés a areia. E, apesar das rochas afiadas que protegiam a praia e que poderiam ter me cortado, tive força suficiente, puxando pela corda que nos conectava, para salvar meu *rab* do mar que o engolia.

"Desabei na areia de uma prainha muito próxima da grande floresta que entrevi do alto-mar. Um pouco recuperada, apressei-me para nos colocar, eu e meu *rab*, ao abrigo das primeiras árvores. E, antes de penetrar na floresta, tive a sensação de que adentrava num mundo vegetal tão perigoso quanto o do mar. Virando-me na direção da costa de areia clara que acabara de deixar, percebi uma espécie de fronteira tênue entre dois oceanos diferentes, porém igualmente tenebrosos.

"Antes de avançar mais um pouco, olhei atentamente o horizonte e não avistei nem o barco de Estoub nem a ilha de Gorée. Talvez as correntes tivessem me levado mais longe na costa do que eu esperara. Mas eu tinha medo que Estoub, se não tivesse morrido com o golpe que recebeu na cabeça, encontrasse um meio de se lançar em minha perseguição. Escondi-me então atrás de uma árvore, nos limites da floresta, para esperar o sol nascer sobre o oceano.

"O mar estava nu como eu mesma: sua pele cinza, estranhamente lisa, tremia, às vezes levemente tocada pelas asas de grandes aves brancas que do céu vigiavam cardumes de peixes invisíveis. Suas plumas captavam e refletiam as tonalidades rosa e dourada da aurora. Seus gritos agudos quase se sobrepunham ao canto imenso e regular do mar.

"Finalmente, equilibrei o rolo de pele do meu totem sobre minha cabeça para ficar com as mãos livres e adentrei a floresta. Eu tinha fome e sede, mas não parei de andar. Num primeiro momento, o mais rápido possível, depois, um passo após outro, no limite das minhas forças. Próximo da aldeia de Sor eu saberia onde encontrar frutas para me alimentar, e sempre haveria por perto um rio ou um riachinho para matar minha sede. Mas ali, naquela floresta de ébanos que se adensava à medida que eu avançava, havia perdido todas as minhas referências e estava sem recursos. Minha cabeça rodava, minhas pernas tremiam, eu estava tomada por vertigens, mas não podia parar. Precisava tomar o máximo possível de distância do barco de Estoub. O calor que subia da terra úmida da floresta, conforme o sol se elevava no céu, acabou por me vencer e só tive força para puxar a pele do meu *rab* para perto de mim antes de desabar aos pés de uma árvore."

XXV

Maram se calara novamente, como para me dar o tempo de processar suas palavras, de me impregnar de sua história. Ela parecia tranquila enquanto eu refletia sobre a coincidência que talvez tenha me feito viajar sem saber no mesmo barco que ela, o de Estoupan de la Brüe, três anos antes. Seria possível que não tivesse reparado nela enquanto tomava ar no convés do barco, na noite em que ela mergulhara num mar luminoso para nadar em direção à terra do Cabo Verde?

Estávamos fracamente iluminados pela água do mar luminescente do balde onde estavam os peixes que eu escutava se mover lentamente, roçando uns nos outros. Por que Maram fazia questão de iluminar a cabana daquele modo? Teria sido em lembrança de sua fuga do barco de Estoub, como ela chamava o diretor da Concessão do Senegal? Eu não ousava lhe fazer perguntas. Supunha que as respostas apareceriam na sequência de sua história e, de fato, elas não tardariam a surgir, inacreditáveis, inesperadas, violentas.

– Fui despertada do torpor em que eu flutuava – retomou Maram –, por uma mão calejada que senti tocar ligeiramente minha testa. Entreabri os olhos e vi, inclinado sobre mim, o rosto enrugado de uma velha mulher que, num primeiro momento, tomei por Soukeyna. Dei um grito, mas fui tranquilizada por uma voz trêmula. Com um grande sorriso relevando o único dente que lhe restava, a velha mulher me disse que se chamava Ma-Anta. Ela me vira em seus sonhos nas sete noites precedentes e eu me tornaria sua filha secreta. Eu cuidaria dela até o dia em que partisse e eu a substituísse.

"Eu não entendia o sentido de suas palavras. Eu achava inacreditável ela afirmar que eu cuidaria dela sendo que eu estava a ponto de morrer de exaustão. Mas Ma-Anta não parava de me repetir que me vira em sonho, que eu era sua filha escondida, sua filha de longevidade.

"Eu havia fechado novamente os olhos quando ela passou a mão sob minha nuca para levantar minha cabeça e umedecer meus lábios ressecados com algumas gotas d'água. Em seguida, repentinamente em silêncio, mas sempre sorridente, entregou-me um pedaço de cana-de-açúcar e fez sinal para que eu o sugasse. Aspirei longamente o suco até encontrar forças para me levantar. Como estava acocorada perto de mim sem se mexer, entendi que ela não conseguia se levantar sozinha, tão velha que era. Mas não parecia preocupada, sempre sorridente, ela aguardava que eu a ajudasse a ficar de pé. Ao levantá-la, surpreendi-me com sua leveza. Ela não pesava mais do que uma criança.

"Para dizer a verdade, parecia-me que Ma-Anta tinha voltado a uma infância feliz, pois ela não parava de rir de tudo. Ela ordenou que eu pegasse aos seus pés um grande cajado envolto num couro vermelho, incrustado de búzios, que ela chamou de 'irmãozinho' com uma risadinha. E foi dando risinhos que ela virou as costas para mim e se pôs a caminhar, claudicante, as costas curvadas, tão lenta quanto um escaravelho escalando uma duna de areia no deserto de Lompoul.

"Eu a segui, equilibrando sobre minha cabeça a pele enrolada do meu totem-serpente, tentando copiar o ritmo de seus passos, tão devagar que eu tinha a sensação de não sair do lugar. Uma profusão de perguntas me vinha à mente. Como uma mulher tão velha e tão fraca pudera me encontrar no meio do nada numa floresta de ébanos onde eu vagueara durante horas? De onde ela vinha e para onde me levava? Aquela Ma-Anta era uma pessoa real ou uma criação da minha mente, um desses personagens de contos que surgem por acaso quando tudo parece perdido? Talvez eu ainda estivesse deitada quase morta aos pés da árvore onde caí exausta. Talvez Ma-Anta fosse apenas a sombra de um último reconforto que meu *rab*, meu espírito protetor, me oferecia naquela floresta tão distante de nossa aldeia de Sor e de nossa mata tão familiar.

"Se minha mente foi tentada a me enganar sobre a realidade daquela situação improvável na qual eu seguia passo a passo uma velha mulher que flutuava em suas roupas cor de terra ocre, meu corpo sofredor me trouxe de volta à ordem da vida. Não, eu já não estava moribunda, já não estava com a cabeça encostada sobre a raiz de um ébano. Naquele momento eu estava de pé, e realmente sofria de fome e, acima de tudo, de uma sede terrível. Mas eu não tinha direito de me queixar, nem mesmo de deixar escapar o menor dos suspiros, pois Ma-Anta, que abria caminho, devia sofrer mais do que eu. Cada um de seus passos parecia exigir dela um esforço imenso.

"A cabeça coberta por um gorro pontiagudo, costurado com o mesmo tecido ocre e espesso que sua túnica, o pescoço voltado para o chão, Ma-Anta deixava na poeira atrás dela um rastro ininterrupto, revelando-me que ela arrastava seu pé esquerdo. Aos poucos deixamos a floresta de ébano e entramos numa floresta de tamareiras e palmeiras que nos protegia menos do sol. Mas Ma-Anta não mudou o ritmo de sua caminhada, sempre bastante lenta. Eu a seguia trincando os dentes, doravante feliz que ela não se deslocasse mais rápido, pois minhas forças estavam se esgotando. Pensei que ela havia previsto, talvez desde que começamos a avançar, que eu acabaria só conseguindo segui-la naquela passada.

"Antes mesmo de conhecê-la, parecia-me que havia como um ensinamento, um pensamento no qual meditar, em cada um de seus atos e de suas boas ações em relação a mim. Ela escolhera permanecer em silêncio, ela que parecera tão falante no início de nosso encontro, e seguir caminho sem elevar os olhos da rota. Eu me sentia inclinada a imitá-la em tudo, até mesmo a arrastar minha perna esquerda, enquadrando meus passos nos seus a ponto de acreditar que, se eu tivesse forças para voltar, não poderia distinguir sobre a terra seus rastros dos meus.

"Como um tambor sem fim que nos joga num transe, Ma--Anta me ensinou – essa foi sua primeira lição – que uma longa caminhada num ritmo constante apaga toda a dor de nosso corpo. E foi assim que, quando saí bruscamente da minha letargia ambulante, talvez mediante um sinal que meu *rab*, preocupado comigo, teria me enviado, era noite e eu continuava andando atrás de Ma-Anta na floresta de tamareiras e palmeiras onde havíamos entrado quando ainda era dia.

"Eu estava prestes a cair em prantos pois, desde que voltei a mim mesma, meu corpo novamente se eriçara de dores, quando Ma-Anta parou subitamente. Um leão e uma hiena estavam deitados, atravessados em nosso caminho, e se o odor fortemente nauseabundo, mistura acumulada de sangue e vísceras de todas as suas presas, não tivesse me embrulhado o estômago, eu pensaria novamente que estava presa num sonho dentro de um sonho.

"Estranho casal formado por dois animais inimigos, o leão e a hiena permaneciam imóveis, não se dando ao trabalho de olhar para nós. Quando Ma-Anta retomou sua marcha, aquelas duas bestas que deveriam ter se jogado sobre nós para nos estraçalhar abriram passagem e nos escoltaram até sua cabana na aldeia de Ben.

"Ma-Anta era curandeira e foi ela que concluiu minha iniciação. Ela forjou a mulher que hoje sou. Explicou-me quem era meu *faru rab*, como eu deveria coabitar com ele, evitar ofendê-lo e despertar-lhe ciúmes. Ma-Anta revelou-me quais oferendas lhe dar para que permanecesse ligado a mim. Ensinou-me como cuidar de sua pele para que não perdesse suas belas cores de um preto profundo e de um amarelo-claro.

"Cheguei a esta aldeia de Ben há três estações de chuva, e a influência de Ma-Anta sobre os aldeões era tão grande que eles aceitaram a ideia de que ela havia integrado meu corpo, abandonando o seu que se tornara velho demais. Como ela não saía mais de sua cabana, era eu que recebia no pátio da concessão, escondida sob a pele do meu totem, com rugas desenhadas no rosto, claudicante como ela, os aldeões que vinham em busca de cura.

"No início, eu voltava à cabana onde Ma-Anta permanecia deitada e lhe relatava com precisão as demandas dos aldeões. Ela me ensinou a escutar. Ela repetia com frequência que os primeiros remédios podem ser encontrados nas próprias palavras daqueles que expõem os sintomas de sua doença. Os extratos de plantas que ela me indicava com o dedo não teriam tido nenhum poder de cura se não tivessem sido associados a palavras que curam, pois o homem é o primeiro remédio do homem.

"Foi com essas palavras ternas que Ma-Anta cuidou das minhas feridas invisíveis, pois, e isto ela também me repetia sempre, é preciso curar a si mesmo antes de pretender curar os outros. Mas devo crer que Ma-Anta me curou imperfeitamente pois, logo após sua partida, lembrei-me de todo o mal que eu devia ao meu tio. E enquanto, dia após dia, noite após noite, eu lutava para me livrar daquela ideia, e apesar dos conselhos de meu *rab* que se opunha a ela em meus sonhos, decidi me vingar dele."

Maram expressara seu desejo de vingança com uma voz tão doce e calma que achei que eu não tivesse entendido bem: sussurrando daquele modo, ela me parecia em desacordo com a firmeza de alma que a terrível história de sua vida revelava.

Eu tinha vinte e seis anos e tinha fé na filosofia do meu século. Para mim, o que Maram chamava de *faru rab* em wolof não passava de uma quimera. Eu não duvidava da existência da jiboia, cuja pele que a cobria devia ter aproximadamente vinte pés de altura, isto é, pouco mais de seis metros na nova métrica imperial. Eu havia até escutado da boca dos negros que existiam espécies, perto de Podor, uma aldeia no rio Senegal, com cerca de quarenta pés de altura, capazes de engolir um boi. Mas o que eu não podia admitir, em razão da minha representação do mundo, que eu julgava superior à dela, era que Maram atribuísse poderes místicos àquele animal e imaginasse que ele velava por ela. Porém agora, enquanto transcrevo sua história esforçando-me para lembrar o que ela me dissera em wolof, já não estou assim tão certo de que minha razão permaneça tão triunfante como antes. E há uma razão para isso, minha querida Aglaé, que você vai descobrir logo mais, na sequência dos meus cadernos.

XXVI

Eu não compartilhava das crenças de Maram, pois as julgava supersticiosas, mas teria de bom grado compartilhado minha vida com ela. Poderíamos ter sido felizes juntos? Eu não teria tentado, se tivesse me casado com ela, torná-la aceitável para aqueles que me são próximos substituindo suas certezas pelas minhas? Para que o mundo de onde venho me perdoasse por ter me casado com uma negra, eu não teria desejado arrancá-la de sua pele de serpente, ensiná-la a falar francês com perfeição e instruí-la cuidadosamente nos preceitos da minha religião?

Embora sua beleza negra e sua representação do mundo, indissociáveis de sua pessoa, tenham sido as primeiras fontes do meu amor por ela, meus preconceitos talvez tivessem me levado a desejar "embranquecê-la". E se Maram, por amor a mim, tivesse consentido tornar-se uma negra branca, não estou certo de que eu teria continuado a amá-la. Ela teria se tornado a sombra de si própria, um simulacro. Será que eu não acabaria por me arrepender da verdadeira Maram assim como hoje, cinquenta anos depois, arrependo-me de tê-la perdido?

Esses questionamentos sobre os desdobramentos de uma possível união com Maram, eu não os formulava à época tão precisamente quanto o faço agora, enquanto os escrevo para você, Aglaé. Talvez eles tivessem surgido caso minha existência tivesse tomado o rumo que meu amor profundo por ela me incitava a tomar. Maram exerceu sobre mim uma influência muito grande, maior do que eu poderia imaginar. Se eu escolhi você antes da minha morte próxima como minha confidente silenciosa, Aglaé, foi para curar as feridas da minha alma por meio de palavras-remédios.

Após me dizer com sua voz doce que ela decidira vingar-se do seu tio, Maram retomou sua história sob o clarão da luz vacilante que nos banhava. Ela se mantinha perfeitamente imóvel e eu era obrigado a aguçar a audição para escutá-la. Era como se tivesse vergonha de falar em voz alta.

– Comecei a pensar na minha vingança depois da partida de Ma-Anta.

"Certa manhã, Ma-Anta me informou que chegara para ela o tempo de partir para a floresta onde me encontrara num terrível estado. Ela desapareceria ali. Seria inútil procurar o seu corpo. Sua última vontade era que eu fosse recuperar seu cajado místico sete dias após sua partida num lugar que ela não me revelaria. Eu deveria me virar sozinha para encontrá-lo. Mas não precisava me preocupar, seria simples: bastaria seguir seus rastros.

"Por mais que eu lhe suplicasse para não me abandonar, repetisse que ela não havia terminado de me contar todos os seus segredos, ela se recusava a me escutar. Dizia 'não' com a cabeça, sempre sorridente, deixando à mostra sem nenhum pudor o seu único dente, último vestígio de uma longa e misteriosa vida da qual ela nunca me revelara nada. 'Agora você sabe mais do que eu', ela dizia a cada vez que eu tentava postergar sua partida.

"E no amanhecer de um dia vazio, depois de me dizer quando eu deveria colocar, sobre o teto de sua cabana, peixe para o leão e a hiena, seus dois *rab*, ela se fora. Eu a segui com o olhar, chorando, até que desaparecesse por trás das primeiras tamareiras da floresta de Krampsanè. Sem ela, meu sopro de vida se esmaecia, eu já não passava de um corpo sem alma. Quis que ela colocasse novamente sua mão leve sobre minha cabeça para me abençoar, como fazia todas as manhãs quando me ajoelhava diante dela.

"Sete dias depois, como ela havia me recomendado, parti à procura de seu 'irmãozinho'. Eu o encontrei debaixo de uma árvore de ébano. Não foi difícil, bastou que eu seguisse o rastro do cajado que ela arrastara no chão atrás de si – apesar de todo o tempo decorrido desde sua partida, aquele rastro não se apagara. Coloquei meus passos nos seus, sentindo seus esforços para avançar sob o sol e sob a lua, imaginando-a mobilizar suas últimas forças em sua viagem sem retorno.

"Quando voltei a Ben com o cajado místico de Ma-Anta, pensei novamente em Baba Seck. Ele era meu passado, tão doloroso quanto uma ferida purulenta. A velha curandeira não estava mais lá para me ajudar a apagar de minha memória aquele instante fatal em que meu tio tentou invadir o interior do meu corpo de menina como se ele fosse o de uma mulher feita que dera seu consentimento. Minha raiva voltou, como aquelas ondas, sempre maiores de raiva nos dias de tempestade, pulverizando, dispersando, projetando em direção ao céu as pirogas mais pesadas.

"Uma imagem dele me assombrava. Eu o revia fugindo com o rifle na mão, aquele que Estoub o fizera trocar por mim, sem sequer me olhar, como se eu o enojasse. Eu era constantemente tomada de assalto por aquela lembrança que destruía meu espírito. Talvez me arrependesse de não ouvir a voz do meu *rab* que me sussurrava para perdoar meu tio de todo o mal que ele me causara, mas ainda assim decidi puni-lo.

"Havia aqui um homem que não se negaria a me servir porque salvei sua filha da morte. Senghane Faye era jovem e destemido. Ele parecia ter muitos recursos para ir até a aldeia de Sor transmitir fielmente o que eu lhe ordenaria para dizer. Eu queria que minhas palavras atormentassem meu tio com o mesmo nível de dor moral que ele me infligira. Há palavras que curam e outras que podem matar lentamente. Meu tio seria o único que compreenderia o sentido do discurso transmitido por Senghane. Por medo de que a verdade fosse descoberta, que a vergonha o atingisse, ele faria de tudo para me apagar do mundo a fim de que a história do meu desaparecimento, que com certeza havia inventado, continuasse a ser verdadeira. Minha ameaça de que a desgraça se abateria sobre a aldeia se alguém viesse se aproximar de mim o atrairia até aqui, à aldeia de Ben, como a luz atrai as mariposas. Mas eu não imaginava que outras borboletas, como você, Michel Adanson, arriscariam suas asas por aqui."

Corei ao escutar meu nome na fala de Maram. Eu havia entrado em sua história de forma pouco gloriosa. Eu havia me convidado para uma peça de teatro na qual jamais atuaria. Minha curiosidade talvez tivesse frustrado o plano de vingança da jovem mulher contra seu tio. Mas eu havia gostado do modo como Maram pronunciara meu nome e sobrenome. Soara algo como "Misséla Danson". Era como se aquela maneira muito própria e doce de dizê-los, com o sotaque de sua língua wolof, me alertasse sobre o início de um afeto por mim, involuntário, talvez, de sua parte.

– De início – retomou Maram –, pensei que você poderia ter sido enviado até aqui por meu tio ou por Estoub, mas logo me pareceu impossível pois, a menos que, aos olhos deles, você fosse alguém insignificante, nenhum dos dois poderia ter lhe contato sobre sua tentativa de me estuprar. A dúvida se apoderou de mim quando percebi em sua escolta Seydou Gadio, o guerreiro de Waalo que acompanhava Estoub no dia em que meu tio me trocara por um rifle. Mas Seydou Gadio não poderia ter me reconhecido disfarçada como eu...

Maram não terminou a frase. Na escuridão azulada que nos banhava, eu a entrevi levantar-se, bruscamente, e depois esgueirar-se para um canto escuro da cabana onde já não podia vê-la. Agucei a audição e já ia me levantar, quando ela me sussurrou para eu não me mexer sob nenhum pretexto, pouco importasse o que eu pudesse ver. Sua ordem, ainda que sussurrada, era tão imperiosa que a executei fielmente, e creio que fiz bem, pois, do contrário, eu teria perdido a vida naquela noite na cabana de Maram.

Assim que ela ordenara, permaneci perfeitamente imóvel. Tudo me parecia habitual do lado de fora da cabana. A noite no Senegal é um concerto dissonante de gritos, gemidos, uivos de animais pequenos ou grandes, caçando ou sendo caçados, que acabamos por não mais escutar por força do hábito. Por trás daquele formidável fundo sonoro eu não percebia nada de estranho quando, de repente, achei ter ouvido os últimos passos de uma corrida precipitada. E, logo em seguida, a esteira de junco trançado que cobria a entrada da cabana de Maram foi derrubada com dois ou três golpes tão violentos que toda a habitação me pareceu vacilar. Banhado pela luz de uma lamparina que, de início, me pareceu vívida, porque meus olhos haviam se acostumado à penumbra, vi pouco a pouco se formar diante de mim a sombra de um homem alto que deu um passo à frente e parou. Acreditei ter reconhecido Baba Seck.

O tio de Maram segurava na extremidade do seu braço esquerdo uma lâmpada a óleo com a chama vacilante que ele movia diante de si para inspecionar o interior da cabana. Em sua mão direita, apertava um rifle cujas decorações prateadas brilhavam suavemente. Ele me olhava, os olhos opacos. Parecia extenuado. Ele que sempre me recebera cioso de sua pessoa, extremamente elegante, a barbicha branca bem aparada, estava desgrenhado, maltrapilho, descalço, com poeira vermelha até o meio das canelas.

Depois de ter inoculado em nós o veneno da curiosidade nos contando a história da retornada, Baba Seck devia ter nos seguido, Ndiak e eu, ao longo de toda a nossa viagem desse Saint-Louis até o Cabo Verde. Enfrentando mil perigos para não nos perder de vista, ele teve que percorrer o deserto de Lompoul, parando em Meckhé, em Sassing e Keur Damel. Como nós, precisou atravessar a floresta de Krampsanè e, finalmente, esconder-se nas fronteiras daquela floresta enquanto Maram cuidava de mim. Ele parecia estar no limite de suas provisões já havia alguns dias.

– Onde ela está? – ele me perguntou de repente com uma voz abafada.

Hesitei em pedir-lhe para me explicar do que estava falando. Aquela resposta seria inapropriada. Sabíamos, ambos, que Baba Seck falava de Maram. Ela estava no coração da vida de nós dois. Como permaneci em silêncio, ele foi distraído pelos barulhinhos de água provenientes do balde na entrada da cabana. Sem se preocupar comigo, ele pôs sua lâmpada sobre o chão e deu um passo para se inclinar por cima do balde. E, enquanto ele investigava a superfície da água para tentar entender o que a agitava, vi uma sombra imensa se desprender lentamente das alturas da cabana, bem acima de sua cabeça.

Fiquei petrificado. Quis gritar para alertar Baba Seck do perigo que se esgueirava em sua direção, mas nenhum som conseguiu atravessar minha garganta. A morte se aproximava e não fazia ideia. Era um animal enorme que parecia flutuar no ar da cabana. Vi de relance sua cabeça triangular, quase tão grande quanto a de Baba Seck, projetando em sua direção com movimentos regulares uma língua fina, negra e bífida, como se de sua enorme boca fechada tentasse escapar uma pequena cobra de duas cabeças, que acabara de ser engolida. Preto-azeviche, estriada de um amarelo-pálido, a pele da jiboia reluzia sob a luz laranja da lâmpada colocada no chão por Baba Seck.

O tio de Maram, alheio ao perigo que avançava em sua direção, permanecia com a cabeça curvada acima do balde de água do mar cuja verdadeira função, entendi num lampejo, não era apenas iluminar a cabana à noite com uma luz translúcida, mas servir de comedouro para a jiboia. Maram a alimentava com peixes, oferecendo ao seu instinto de caça o prazer de capturá-los mergulhando sua cabeça na água, o resto do seu grande corpo enganchado em algumas vigas da face interna do teto da cabana. Mas, daquela vez, não era um peixe que Maram sacrificava à sua jiboia, era um homem que, ignorando a ameaça que pairava sobre ele, questionava-se acerca da utilidade daquele balde, como eu mesmo já havia feito muitas vezes naquela noite.

A cabeça da jiboia se aproximava lentamente da sua e, por esse instinto compartilhado por todos os seres vivos quando são presas de um perigo mortal – e o qual intuem mesmo antes de vê-lo –, Baba Seck olhou para mim. Não sei se a luz da lâmpada que estava no chão era suficientemente forte para que ele pudesse perceber o pavor que deformava minhas feições ou se ele fora surpreendido pela direção que meu olhar tomou, mas finamente levantou os olhos. E, no exato momento que a encarou, a morte caiu sobre ele, envolvendo-o em seus anéis.

Talvez naquele momento Baba Seck pensara que teria tempo de atirar com seu rifle na jiboia. Porém, ao ser jogado no chão pela besta que desabava sobre ele com todo o seu peso, a bala que partiu do seu rifle não atingiu o alvo. Ela roçou minha cabeça antes de explodir sobre a parede da cabana, logo atrás de mim.

Em sua queda sobre o homem, a cobra havia derrubado a lâmpada, que se apagara. E sob a luz fraca e fosforescente proveniente do balde de água do mar, acreditei ter visto reviravoltas de uma imensa onda escura oscilando longamente sobre o chão. Antes de desmaiar, ouvi os ossos de Baba Seck se romperem uns após outros, como galhos de um pequeno amontoado de madeira seca. Gritos, arquejos, ruídos.

XXVII

Eu desertara meu corpo durante a morte de Baba Seck. E meu desmaio sem dúvida me preservara da crise de apoplexia que atinge macacos e homens que têm o infortúnio de cruzar com uma jiboia.

Não fora contra mim, claro, que Maram treinara sua gigantesca cobra, mas contra seu tio. Sua ordem de permanecer imóvel independentemente do que acontecesse me salvou. Maram observara bem a natureza do monstro. A visão da jiboia é muito ruim, sua língua lhe serve como nariz e ela só identifica suas presas quando se mexem. A Providência quis que a imobilidade que conservei em atenção à ordem de Maram se prolongasse em função do medo que me invadiu ao ver a jiboia. E foi aquela mesma imobilidade de estátua que me salvara também da bala do rifle de Baba Seck.

Quando acordei, já não estava na cabana de Maram, mas a céu aberto. Estava deitado sob uma árvore de ébano. Apesar do calor, sentia frio. Meu pescoço estava tenso e dolorido, como o resto do meu corpo. Imagens fugazes da morte horrível de Baba Seck atormentavam meu espírito. Eu ainda estava tetanizado por aquele medo animal que, desde a origem do mundo, parece único para cada uma de suas vítimas, mas acaba sendo fatalmente idêntico para todas.

Quando a morte alcança um animal após uma longa fuga, seu corpo enrijece seus músculos como para blindá-los. O primeiro trabalho do predador, quando a presa foi morta, é reduzir a tensão das carnes por meio da violência de suas mordidas, arranhões ou pela formidável pressão de seus anéis. Eu esperava que Baba Seck tivesse tido a chance de perder a consciência antes de sentir seus músculos, últimas defesas de sua vida, triturados pelas torsões musculosas da jiboia.

Foi apenas quando Ndiak, sentado ao meu lado, colocou docemente a mão sobre meu ombro que consegui relaxar. Ironia do destino, as primeiras palavras que lhe disse foram as últimas que saíram da boca de Baba Seck:

– Onde ela está?

A língua wolof não distinguindo, numa frase interrogativa como esta, o masculino do feminino, Ndiak não soube muito bem como me responder.

– A velha guerreira? Ela desapareceu. Por outro lado, se você se refere a ele, encontramos na cabana da curandeira os restos de um homem entortado sobre si próprio. Ele tinha um pé colado no que devia ter sido seu peito, um olho comprimido numa mão, a língua de fora, a cabeça um purê, o lado de dentro do lado de fora. Não foi bonito de ver, e sobretudo, o fedor era horrível! Você sabe quem é?

Sem aguardar minha resposta, Ndiak me contou que eles vieram correndo da outra ponta da aldeia, ele, Seydou Gadio e os outros, assim que escutaram um tiro de rifle ressoar na madrugada. Não levou muito tempo para me encontrarem na cabana da curandeira, branco como a flor do algodão, enrolado em cima de uma cama, não muito longe de um cadáver disforme que eles haviam passado por cima para me tirar daquela tumba. Quando se certificaram de que eu ainda estava vivo, Seydou Gadiou retornara à cabana para inspecioná-la. Saíra de lá com um rifle na mão, com certeza aquele do qual saíra o disparo que os alertara. Seydou passara na frente de todo mundo, a expressão séria, andando rápido em direção à floresta de Krampsanè, dando a ordem de ninguém o seguir nem entrar na cabana, onde ainda deveria estar uma jiboia enorme.

Surpreso pelo meu ar preocupado, Ndiak acreditou me tranquilizar revelando-me que eu devia a vida a Seydou Gadio. Foi ele que tivera a ideia de colocar um espelho na frente da minha boca para identificar meu último sopro de vida e que concebera uma maca improvisada para me transportar da aldeia de Keur Damel à aldeia de Ben, onde mora a velha curandeira. Era ele meu salvador.

Eu o deixei falar. Ndiak não podia saber que Seydou Gadio havia reconhecido seu rifle, o que Estoupan de la Brüe lhe ordenara entregar em troca de Maram.

– Ele vai matá-la? – eu finalmente o interrompi enquanto ele continuava tecendo elogios a Seydou Gadio.

– Matar a velha curandeira?

– Não, a retornada, Maram Seck.

Incrédulo, Ndiak me fez repetir.

– Sim, Maram Seck era a pessoa escondida sob a pele preta e amarela da cobra. Maram Seck, a sobrinha de Baba Seck, o chefe da aldeia de Sor!

Ndiak ficou em silêncio por um instante, como se buscasse em sua memória indícios que poderia ter lhe permitido intuir a verdadeira identidade da velha curandeira. Mas nada lhe veio em mente e precisou admitir que, como eu, fora incapaz de perceber Maram por trás do seu disfarce. Diante da minha insistência de pedir notícias de Maram e vendo que eu me preocupava com ela, Ndiak me tranquilizou de que Seydou não a mataria. Ele era um caçador que não ceifaria nenhuma vida sem as proteções místicas necessárias. O espírito muito poderoso que havia habitado a cabana era de fato temível, ele impunha respeito.

As palavras de Ndiak me tranquilizaram. Embora me parecessem irracionais, aquelas superstições provavelmente impediriam Seydou Gadio de matar Maram se por acaso ele a encontrasse na floresta de Krampsanè. O velho guerreiro, assim como Ndiak, tinha uma concepção de mundo segundo a qual a vida dos homens está estreitamente ligada à do seu *rab* protetor. Em seu espírito, Maram e a cobra que triturara Baba Seck formavam uma só entidade. Matar Maram atrairia a ira de seu *rab* para Seydou, que não se arriscaria a enfrentar sem proteção mística a jiboia de Maram.

Eu pedi água a Ndiak e ele ordenou que me trouxessem também comida.

Antes de me lançar no relato da história de Maram, mais ou menos como ela me contara durante boa parte da noite anterior, sonhei que o desejo e o amor que ela me inspirara em tão pouco tempo não haviam desaparecido.

Outro que não eu provavelmente teria sido tão vivamente marcado pela morte atroz de Baba Seck que teria confundido, em seu desespero, Maram com a jiboia que ela criara para matar seu tio. Assim, o que a razão de um branco não teria autorizado, sua imaginação o teria levado a sentir: medo e asco da mulher-cobra assassina. Quanto a mim, eu considerava que a vingança de Maram era proporcional ao crime que ela sofrera. Pois se o estupro do qual ela fora vítima não tinha sido consumado, a própria intenção ameaçara seu equilíbrio vital e destruíra a ordem do seu mundo. O ato do seu tio triturara sua vida. Que Maram tenha feito Baba Seck ser esmagado pelos anéis de sua cobra-totem parecia-me um justo retorno das coisas.

Eu estava mergulhado nessas reflexões quando os aldeões de Ben trouxeram, para mim e Ndiak, uma cabaça de cuscuz de tubarão, prato que eu não apreciava muito no início da minha estada no Senegal, mas que acabei adorando. Jamais teria acreditado se alguém me houvesse profetizado isso, assim como eu jamais teria pensado que pudesse me apaixonar perdidamente por uma negra. Parecia-me, ao final de três anos de vida no Senegal, que eu me tornava negro em minhas preferências. Isso não se devia simplesmente à força do hábito, como seria simples acreditar, mas porque eu esquecia que era branco em razão de falar wolof. Já não me expressava em francês havia algumas semanas, e o esforço prolongado que acostumara minha língua a pronunciar palavras estrangeiras me parecia idêntico àquele que me levara a apreciar refeições e frutas estranhas ao meu paladar.

Ndiak aguardou pacientemente que eu terminasse minha refeição. De acordo com o costume do país, lavei minha mão direita – que usei com exclusividade para levar a comida à boca – numa pequena cabaça de água pura que me trouxeram. Depois encostei-me no tronco da árvore de ébano sob a qual eu voltara de meu desmaio uma hora antes. E comecei a contar a Ndiak, em voz baixa para não ser escutado nem pelos nossos nem pelos aldeões próximos, a história de Maram Seck.

Bastou muito pouco, uma palavra fora do lugar, uma hesitação entre duas frases muito curtas ou muito longas, para que Ndiak visse em Maram um monstro. Mas eu pensei ter lido em seus olhos muitas vezes incredulidade e horror. Com base num gestual associado a uma onomatopeia que pertence apenas, até onde vai meu conhecimento, aos wolofs do Senegal, ele não parava mais de repetir, dando tapinhas em sua boca com a extremidade dos dedos de sua mão direita, algo como: "*Chééé Tétét. Chééé Tétét*". Aquele sinal de perturbação me preocupava, pois eu queria ganhar Ndiak para a causa de Maram. Ela não devia figurar para ele como uma assassina, mas como a vítima de dois homens que haviam abusado dela: primeiro seu tio, que fora desnaturado o suficiente para tentar possuí-la, depois Estoupan de la Brüe, que a trocara por um rifle de Seydou Gadio para tentar ter sucesso onde Baba Seck fracassara. Escolhi tocar aquela empreitada de sedução narrativa sem esconder de Ndiak que eu amava Maram a fim de que, se fosse verdade que ele era meu amigo, e apesar do medo que ela lhe inspirava, ele me ajudasse a salvá-la do castigo que sem dúvida lhe infligiriam, se Seydou Gadio a reencontrasse.

Então, entreguei-me à tarefa de apresentar Maram a Ndiak como uma jovem muito bela por quem eu me apaixonara, chegando até a lhe confessar que eu a surpreendi completamente nua para que, confundindo o desejo e o amor, como a maioria dos jovens de sua idade, Ndiak entendesse melhor o impulso que me levava a ela. Eu também escolhi mentir sobre o modo como havia se desenrolado a morte de Baba Seck. Não escondi de Ndiak o que pensei ser plausível: Maram criara uma enorme cobra para matar seu tio. Mas eu lhe contei que antes de desmaiar de terror com o espetáculo horrendo do fim de Baba Seck, eu havia visto nitidamente Maram cruzar correndo a soleira da porta da cabana. Não era verdade, mas pareceu-me importante que Ndiak não tivesse nenhuma dúvida sobre esse ponto.

– *Chééé Tétét...* Você está certo disso, Adanson, você viu mesmo Maram saindo da cabana enquanto a jiboia matava seu tio?

Assegurei-lhe diversas vezes que sim. Por outro lado, não me parecia que eu tivesse inventado uma grande mentira para ele, pois se eu não a vira com meus próprios olhos saindo da cabana, não tinha dúvidas de que Maram fizera isso enquanto eu estava inconsciente.

Mas Ndiak, que me escutara atentamente, saindo da cena final do crime que eu presenciara, pediu-me para voltar a um outro momento inacreditável aos seus olhos: o da fuga de Maram do barco de Estoupan de la Brüe.

– Mas, Adanson, se o que Maram te contou é verdade, como ela pôde fugir do barco sem que ninguém a visse? Eu o vi em Saint-Louis e sei que sempre havia um ou dois marinheiros de guarda para vigiar seu convés, mesmo na calada da noite. Maram não pode ter mergulhado do barco sem ser... *Chééé Tétét!*

A imagem que atravessou o espírito de Ndiak lhe pareceu tão monstruosa que ele não pôde acabar sua frase. Novamente, precisei mentir e modificar a história que Maram havia me contado. Inventei, então, que ela passara por cima de um marinheiro adormecido, deitado atravessado na pequena escadaria que levava ao convés do barco. E a força da correnteza que a levara era tão grande que, apesar do barulho de seu mergulho que alertara os marinheiros, estes não ousaram colocar um bote a remo no mar para persegui-la.

Eu mesmo me surpreendi de conseguir criar tão facilmente peripécias imaginárias sobre a trama da história de Maram.

Entendi as perguntas de Ndiak. Eu mesmo as teria feito a Maram se tivesse podido interrompê-la. Mas ela encadeara tão bem os episódios de sua história que teria sido impossível para mim romper aquela cadeia sem correr o risco de ela se indispor comigo. Eu reconhecia que havia sido tragado por seu relato e que havia aceitado sem muito refletir algumas de suas incoerências. Mas me ocorreu silenciá-las para que Ndiak permanecesse meu aliado na defesa de Maram.

Então me abstive de evocar a forma como, segundo a narrativa de Maram, a velha curandeira Ma-Anta, guiada por um sonho premonitório, a encontrara morrendo no meio do nada, numa floresta. Também não me pareceu razoável repetir a Ndiak, como Maram o havia afirmado, que um leão e uma hiena as tinham escoltado, ela e Ma-Anta, até a aldeia de Ben. Aquele episódio me fizera pensar nos quadros *naïfs* do Jardim do Éden, nos quais os animais, mesmo os mais inimigos, nunca atacavam uns aos outros. E eu achava que tinha feito bem em me calar sobre aquele episódio quando, pouco depois, Ndiak me disse que vira com seus próprios olhos, enquanto eu ainda jazia desmaiado sobre minha maca improvisada, nos limites da floresta de Krampsanè, um leão e uma hiena, lado a lado, apanharem delicadamente com a boca peixes que secavam sobre o teto de uma cabana na aldeia de Ben. A de Ma-Anta e Maram.

XXVIII

Com o rifle no ombro, Seydou Gadio caminhava alguns passos atrás dela, sem parecer temer que Maram fugisse.
 Ele a encontrara já bastante longe na direção do Norte, nos limites da floresta de Krampsanè. Fora simples, seus rastros eram particularmente evidentes. Ao lado da marca de seus passos, ele seguira o traço contínuo da ponta de um cajado que ela deixara arrastar no chão, como se para ser mais bem identificada pelo seu perseguidor. Sentada, as costas apoiadas numa árvore, o único ébano em meio a todas as tamareiras e palmeiras daquela floresta, ela lhe disse que o esperava e que, se ele tivesse a boa vontade de deixá-la enterrar o cajado sob o ébano, ela o seguiria na sequência sem oferecer nenhuma resistência. Seydou aceitara e, uma vez o cajado soterrado, que o guerreiro descrevera como recoberto por um couro vermelho e incrustado de búzios, ela retomou por iniciativa própria o caminho de retorno à aldeia de Ben.
 Eu só via ela. Maram usava uma túnica azul-índigo e branca que descia até os seus pés. Sob a túnica aberta nas

laterais, vestia a mesma roupa branca de peça única que a velha. Seus cabelos estavam escondidos sob um lenço cujo nó, feito com as dobras de um tecido amarelo-claro, estava invisível. Com a cabeça erguida, ela passou na minha frente sem olhar sequer uma vez para mim. Seu andar era aéreo, ela dava a impressão de deslizar sobre o chão.

Meu coração batia muito forte. Eu estava decepcionado e aliviado ao mesmo tempo que ela não tinha me olhado. O que seus olhos poderiam ter me dito? Tinha a esperança insensata de que eles me revelassem um amor equivalente ao meu. Pensava que eu não podia ser do seu gosto. Nada me distinguia dos outros homens não fosse a cor da minha pele, que talvez ela achasse odiável assim como a maioria dos brancos considera a das negras. Eu sofria. Sentia por Maram uma paixão intensa e parecia-me impossível que fosse recíproca. Era absurdo imaginar, se algum dia ela visse a me amar, que seu amor tivesse a espontaneidade do meu e que ele pudesse entrar em seu coração sem aviso prévio, sem concessões, sem negociações internas. A vida de Maram estava longe de ser propícia à eclosão imediata do amor. Devia seus infortúnios aos homens que queriam fazer dela objeto de seu prazer. Ela não teria tomado minhas tentativas de aproximação por um simples apetite carnal, logo esquecido depois de saciado? Para provar-lhe, e a mim mesmo, que não era apenas meu desejo por ela que agitava meu coração, precisaria de tempo. Eu queria cortejá-la com toda a delicadeza possível, uma delicadeza inspirada pelo desejo de agradar e de ser amado. Mas a Providência decidiu diferente, e seu primeiro instrumento foi a inflexibilidade do chefe de nossa escolta.

Seydou Gadio, o homem que havia salvado minha vida em Keur Damel, logo reconhecera seu rifle ao lado do cadáver desfigurado que jazia na cabana de Maram. Era a mesma arma que ele havia trocado por uma moça muito jovem mediante a ordem de Estoupan de la Brüe, três anos antes. Embora ela tenha mudado e se tornado uma mulher, ele reconhecera seus traços e sua graça assim que a vira sob o ébano. Então, se ele encontrara o cadáver de um homem em sua cabana, ela devia ser de perto ou de longe a responsável por sua morte. Havia grandes chances de que ela tivesse querido se vingar do homem que tentou estuprá-la sob seus próprios olhos, os de seu comparsa Ngagne Bass e de Estoupan de la Brüe, enquanto eles caçavam os três perto da aldeia de Sor. Sem contar que o morto a havia vendido como escrava em troca de um rifle. Consequentemente, Seydou não via por que ele não deveria entregar a jovem moça ao seu proprietário, que era o senhor de la Brüe. E, para fazê-lo da melhor forma, ele a levaria até o senhor de Saint-Jean, governador de Gorée, que encontraria um meio de restituí-la ao seu irmão.

Eu tentei de todos os modos explicar a Seydou – sem revelar-lhe, como fiz com Ndiak, que ela era a sobrinha do morto – que uma jovem mulher com o biótipo de Maram não tinha forças para esmagar um homem da forma horrível como ele havia constatado, que o assassino fora uma jiboia, que era a cobra a culpada que deveria ser impedida, mas o velho guerreiro não quis escutar nada.

Seydou Gadio, que não tinha o hábito de ser contestado, reagiu violentamente quando afirmei que deveríamos deixar Maram em paz na aldeia de Ben. Sua fúria foi tão longe que ele me ameaçou com seu rifle gritando que me encheria de bala se eu o impedisse de cumprir seu dever. Ndiak conseguiu acalmá-lo um pouco. Mas isso não impediu Seydou de proclamar aos aldeões que se agruparam em torno de nós que era do interesse deles evitar de manter Maram em Ben, sob pena de terríveis represálias. Mas os aldeões, que se impacientaram desde que encontraram aquela que acreditavam ser um avatar de Ma-Anta, a velha curandeira deles, protestaram afirmando que Seydou não tinha o direito de tirar Maram deles. Ben não pertencia ao reino de Waalo, mas ao de Kayor. O rei de Kayor, o *damel*, era representado no Cabo Verde por sete sábios *lebous* que se reuniam uma vez por mês na aldeia de Yoff para fazer justiça. Eles se comprometeram a levar a curandeira a Yoff já no dia seguinte perante os sete sábios que julgariam o que conviria fazer.

Na liderança dos aldeões estava Senghane Faye, cuja neta Maram havia curado. Foi ele quem Maram enviara a Sor para atrair seu tio a Ben. Senghane Faye não era guerreiro de ofício, mas trazia consigo uma zagaia e dava a entender que queria usá-la contra Seydou que, por sua vez, mostrava-se pronto para dar um tiro de rifle na cabeça de Senghane ao menor dos pretextos.

Na confusão generalizada suscitada por aquela querela, Maram, que até então permanecera em silêncio, elevou de repente a voz e fui pego de surpresa, eu que já via aquele momento como uma oportunidade de me destacar aos seus olhos.

– Em nome de Ma-Anta, peço que me escutem – ela gritou. – Vocês são pessoas boas. Nenhum de vocês veio me procurar para um ato de magia hostil ao seu próximo durante os dois anos que auxiliei Ma-Anta. A verdadeira guerreira de vocês me encontrou quando eu vagava na floresta de Krampsanè há três anos. Ela me escolheu como discípula. E desde que ela partiu para seu descanso na floresta, há um ano, fui eu, Maram Seck, que me tornei a curandeira de vocês. Mas eu traí a confiança de Ma-Anta e a vossa. Um crime foi cometido na aldeia de vocês e sou eu a responsável. Se o mal invadiu Ben, a culpa é minha. Eu vos peço então para deixarem este homem, Seydou Gadio, me levar aonde quiser e não o impedirem de salvá-los de mim, eu que quebrei a harmonia de vossas vidas.

Aquelas poucas palavras de Maram bastaram para acalmar os aldeões, que retornaram um a um a suas ocupações. Apenas Senghane Faye parecia hesitar a se dobrar à ordem que ela havia dado de deixá-la partir. Mas um olhar que ela lhe dirigiu, e que eu percebi, acabou por convencê-lo, por sua vez, de abandoná-la à sua sorte.

Eu me vi então como o único que queria impedir Seydou Gadio de levar Maram à ilha de Gorée, a ilha dos escravos. Era o lugar mais perigoso para ela, a primeira etapa do caminho de uma punição cuja violência eu podia pressentir. Se o que ela me contou sobre seu encontro com Estoupan de la Brüe era verdade, eu sabia que o diretor da Concessão do Senegal era homem de se vingar cem vezes mais de uma ofensa, principalmente se ela viesse de uma negra. Eu me sentia ainda mais desamparado uma vez que Maram continuava evitando cruzar meu olhar, como se ela se recusasse a me conceder o menor sinal de conivência que poderia ter me encorajado a me opor a Seydou Gadio. Tanto eu desejei que ela me lançasse um olhar tão duro quanto aquele que impedira Senghane Faye de agir. Assim, eu seria ao menos digno de sua reprovação que me parecia cem vezes melhor do que sua indiferença. Eu ainda não conhecia tão bem a vida naquela época para entender que o empenho de Maram em se mostrar indiferente a mim poderia ser um sinal de predileção. Quando entendi isso, era tarde demais para ela me confirmar com palavras o que sua atitude poderia ter me revelado se eu tivesse sido mais perspicaz.

Ao passo que eu desconhecia como reagir para ajudar Maram sem seu consentimento, a esperança de salvá-la de seu castigo pelo assassinato de seu tio, que ela confessara em meias palavras, veio-me de Ndiak. Ele me sinalizou para encontrá-lo afastado dos outros.

– Escute, Adanson. O velho Seydou Gadio não voltará atrás em sua decisão. Então decidi pedir ao meu pai o indulto de Maram Seck. De acordo com o código dos escravos, ela não pertence mais a Estoupan de la Brüe desde que conseguiu fugir do seu domínio, há mais de um ano. Meu pai tem o direito de lhe conceder seu indulto pois ela é sua súdita, assim como Baba Seck. O rei de Kayor, assim como os sete sábios que o representam no Cabo Verde, não pode dar a palavra final, pois o tio de Maram é originário da aldeia de Sor, que pertence ao reino de Waalo. Irei então a cavalo até Nder, nossa capital, margeando o oceano a partir de Keur Damel até Saint-Louis. Eu prometo que com a ajuda do meu fiel corcel Mapenda Fall eu te darei uma resposta, boa ou ruim, dentro de sete dias no máximo. Quanto a você, acompanhe Seydou e Maram a Gorée. É melhor para ela tê-lo por perto.

Se o projeto de Ndiak me parecia louco, ele era a única esperança de salvar Maram à qual eu podia me apegar. Eu me sentia grato a Ndiak por tentar arrancar de seu pai, de quem não gostava, uma clemência que ele não dera a ninguém desde o início de seu reinado. Mas eu também estava preocupado com meu jovem amigo. Sua viagem o colocaria em perigo, pois ele não pretendia ir acompanhado e eu estava certo de que seu cavalo despertaria a cobiça de todos os guerreiros que ele encontrasse no caminho para Nder.

Quando lhe disse isso, ele deu de ombros. Não tinha medo, ele pegaria emprestado o meu rifle. Armado, ninguém ousaria atacá-lo.

– Um aspecto me parece mais grave para você – ele acrescentou. – Sou obrigado a revelar a verdadeira identidade de Maram. Deverei explicar ao meu pai que seu próprio tio, o chefe da aldeia de Sor, tentou estuprá-la. É mediante o preço dessa terrível verdade que ela pode receber o indulto. Nós exporemos sua família a uma vergonha pública que, de acordo com o que você me contou, Maram não deseja. Se você a salvar, colocará a perder sua reputação e é você mesmo quem a perderá, pois ela jamais irá querer o homem que permitiu a exposição da desonra dos Seck na aldeia de Sor.

Não refleti por muito tempo. Eu amava demais Maram para abandoná-la a um castigo que poderia levar à sua morte e a amava o bastante para que ela vivesse, mesmo longe de mim. Sabendo que ela poderia me odiar em razão de nossa iniciativa de salvá-la, respondi então a Ndiak que preferiria Maram viva do que a honra de sua família.

Ndiak voltou a Seydou Gadio para informar-lhe sobre seu projeto de ir a Nder pedir o indulto de Maram, porém sem revelar-lhe sua identidade. E, depois de ter reunido algumas provisões que deixaram a sela do seu cavalo pesada, sela esta que o rei de Kayor lhe ofertara em Meckhé, ele partiu num trote miúdo. Com o coração apertado, eu o vi mergulhar na floresta de Krampsanè.

Eu o conheci criança, ele se tornou um homem. Eu sabia bem que nada de bom poderia resultar do seu projeto. Ele corria o risco, pela amizade que tinha comigo, de comprometer suas chances de um dia se tornar rei. Pois, mesmo que isso lhe fosse proibido pelas leis de sucessão do reino de Waalo, compreendi que Ndiak brigaria por aquele título pela honra de sua mãe, Mapenda Fall. Mas as pessoas ririam dele, questionariam sua saúde mental quando soubessem que ele percorrera todo aquele caminho para pedir ao rei, seu pai, o indulto de uma jovem mulher assassina do próprio tio. Se ao menos ele tivesse empreendido essa viagem por contra própria, atribuiriam sua loucura à sua juventude. O rei indultaria Maram pensando que o próprio filho queria fazer dela uma concubina de quem logo se cansaria. Aquilo poderia até parecer uma bela e passageira aventura de um jovem príncipe apaixonado pela primeira vez. Os *griots* louvadores teriam cantado sua viagem perigosa para salvar uma escrava de seu castigo como um grande feito, insignificante, porém belo. E Ndiak teria assim começado a erigir a lenda de sua ascensão ao poder, insinuando no espírito dos seus "iguais" a certeza de sua intrepidez, qualidade primeira de um jovem aspirante ao trono.

O que pensariam dele quando soubessem que ele se expôs a tantos perigos para solicitar ao seu pai o indulto de uma jovem mulher em benefício de outro homem que, inclusive, era um branco? Ele não se tornaria o motivo da risada de todos? Os mesmos *griots* que poderiam ter cantado sua glória nascente não passariam logo a apresentá-lo, em suas palavras mais ou menos secretas, como um servil agente dos ínfimos caprichos dos *toubabs*, indigno do seu pai?

Tais eram as reflexões que me atravessavam o espírito ao ver Ndiak correr rumo à sua perdição por minha causa.

Minha querida Aglaé, eu não tive mais de dois ou três amigos na minha vida. Ndiak foi, acredito nisso profundamente, o único que se sacrificou por mim. Não estou certo de que, em circunstâncias similares, eu poderia ter feito o mesmo por ele, pois não sei se teria a mesma grandeza de alma.

XXIX

Algumas horas depois da partida de Ndiak, foi a nossa vez de deixar a aldeia de Ben, que ficava, em voo de passarinho, a menos de duas léguas de Gorée. Para chegar até lá, precisávamos pegar pirogas cujo ponto de partida ficava numa pequena praia. Embarcar para Gorée saindo da praia de Anse Bernard não era simples: era necessário um piloto para atravessar os recifes que fechavam a praia e, quando chegamos naquele lugar, nenhum dos pilotos que habitualmente faziam a passagem estavam por lá.

Eu já fiquei feliz com aquele contratempo que daria a Ndiak um tempo a mais para ir e vir de Nder. Mas, provavelmente impaciente para se livrar de Maram e ter o seu empenho fortemente recompensado por Estoupan de la Brüe, Seydou Gadio tomou a iniciativa de requisitar uma piroga menor do que aquela que normalmente assegurava a ligação do continente com a ilha de Gorée. Foi assim que Maram e Seydou deixaram a praia de Anse Bernard a bordo de uma piroga pilotada por um jovem pescador, enquanto precisei esperar pacientemente até a manhã do dia seguinte para poder encontrá-los.

Quando finalmente cheguei à ilha de Gorée, apressei-me até a casa do senhor de Saint-Jean, governador da ilha e irmão de Estoupan de la Brüe.

Eu estava com o cabelo à mostra enquanto o senhor de Saint-Jean usava uma peruca muito bem penteada. Havia uma semana que eu não fazia a barba enquanto ele estava com o rosto liso e arrumado com pó. Eu vestia roupas que Maram me dera no dia anterior: uma calça folgada de algodão branco e uma camisa com estampas azuis, violeta e amarelas, aberta nas laterais. Se Ndiak não tivesse me emprestado sandálias de couro de camelo, eu teria ido descalço. Já Saint-Jean usava chapéu, sobrecasaca, calça, meias de seda e sapatos de bico prateados. Eu havia dormido muito mal na própria praia de onde a piroga partiria na manhã do dia seguinte para Gorée. Atacado pelos mosquitos, apesar da proteção de um *pagne*, meu rosto estava coberto por uma miríade de bolhas vermelhas. Saint-Jean, que estava numa varanda interna no primeiro andar do seu gabinete de governador, ficou surpreso ao me ver assim tão desleixado.

Tão logo me aproximei dele, senti-me na obrigação de lhe explicar que, por falta de tempo, não pude recuperar minha mala, que ficara na praia de Anse Bernard. Eu lhe implorei para me desculpar por aparecer diante dele assim tão roto. Como eu não falava francês havia muitas semanas, eu me expressava muito mal e, desconcertado pelo ritmo estranho que se impunha à minha fala sem que eu pudesse controlar, fiquei constrangido pelo sotaque wolof que minha língua materna adquirira.

Saint-Jean, que não levantara seu chapéu durante as costumeiras saudações que consegui fazer apesar de toda a minha confusão, perguntou-me à queima-roupa qual poderia ser a questão tão urgente que me fizera vir assim tão às pressas até sua casa, em Gorée. Sem esperar minha resposta, que provavelmente ele sabia por Seydou Gadio, e como ele estava pronto para sentar-se à mesa, me convidou para dividir seu jantar. Enquanto eu seguia para chegar à sala de jantar aberta para uma varanda com vista para o mar, refleti comigo mesmo que minha aparência me colocaria em uma posição de inferioridade que poderia prestar um desserviço à causa de Maram.

Eu estava ainda mais desnorteado pelo fato de Saint-Jean parecer ter pelo menos o dobro da minha idade. Muito mais alto e mais corpulento do que eu, ele era tão loiro quanto seu irmão era moreno. Seus olhos azuis muito claros, salientes, eram a única particularidade do seu rosto flácido e lhe davam um ar de ausência que me desconsertava. Ele me mostrou com um gesto vago de sua mão esquerda, apertando um lenço bordado, meu lugar na mesa, do lado oposto ao seu. Sob sua ordem sussurrada, um empregado negro serviu-me. Sem esperar, Saint-Jean começou a tomar a sopa que lhe fora servida, jogando-a sobre dois enormes pedaços de pão que ele sugava grosseiramente e devorava sem mastigá-los. Ele só elevou novamente o olhar em minha direção no momento de ordenar que enchessem de novo sua taça de vinho.

Acompanhando sua pergunta com um gesto tão vago quanto o anterior, Saint-Jean interrogou-me uma segunda vez com um tom irônico:

– Então, senhor Adanson, a que devo a honra de sua visita surpresa?

Quando vim a Gorée de barco partindo de Saint-Louis, três anos antes, em companhia do seu irmão, Saint-Jean não me faltara com o respeito. Provavelmente a forma como Seydou Gadio lhe contara o interesse que eu tinha por Maram me rebaixara a seus olhos, tanto quanto minha aparência miserável. Se da primeira vez que o encontrara eu não passava de um honesto eruditozinho francês, digno de certa consideração de ordem patriótica, da segunda, eu já não passava de um branco disfarçado de negro. Saint-Jean era desses homens excessivamente aduladores com seus "superiores", mas sempre intolerante com seus "inferiores", na lista dos quais eu estava irremediavelmente incluído dali para frente.

Meu amor-próprio, já revoltado com sua descortesia, não suportou a pesada ironia de sua pergunta. Formulada para me desestabilizar, ele devolveu subitamente a segurança que eu acreditava ter perdido. Uma vez que ele escolhera deliberadamente ser grosseiro, decidi sê-lo igualmente. Ao menos com relação a isso, estaríamos de igual para igual.

– Onde ela está? – perguntei sem mais.

Não tentando bancar o desentendido, Saint-Jean me respondeu batendo no assoalho com o salto de seu sapato:

– Sob nossos pés.

– Maram é inocente do crime que a acusam.

– Ah, ela se chama Maram... Mas a que crime você se refere? Aquele do negro esmagado pelos anéis de uma jiboia gigante, segundo o que me relataram, não me importa muito. Por outro lado, aquela negra acabou com o meu irmão sendo que ele estava prestes a honrá-la com uma visita cortês conforme manda o figurino. Você sabe muito bem, senhor Adanson, que ela não é inocente.

– Você pretende entregá-la de volta ao senhor de la Brüe?

– Na espécie dela, essa negra é uma Vênus. Meu irmão não se enganou, tampouco você, aliás. Mas ele ficou enojado desde que ela quase o matou. Ele já a cedeu a mim caso eu a reencontrasse. Vou então vendê-la como escrava para as Américas.

Ao pronunciar sua última frase, Saint-Jean virou a cabeça para a varanda com vista para o mar e entendi que um navio negreiro deveria estar não muito longe da ilha. Ele destinara Maram a encontrar sua carga.

Com seu olhar azul-pálido novamente posto sobre mim, ele prosseguiu:

— Vou vendê-la ao senhor de Vandreuil, meu amigo governador da Luisiana. Ele adora as belezas negras, sobretudo quando são indóceis. Se passar por sua cabeça a fantasia de querer comprar de mim essa negra, saiba que seu preço não cabe em suas possibilidades. Para fazer o cálculo, você precisaria hipotecar sua casa, se você tiver uma em Paris, e acrescentar a ela a de seus pais.

Achei que fosse morrer de raiva, não tanto porque Saint-Jean deixava claro seu desprezo por mim remetendo-me à minha pobreza hereditária, mas porque ele supunha que eu gostaria de comprar Maram. Aquela ideia me dava horror. Eu havia esquecido que, para homens como ele, a cor de Maram a associava naturalmente ao grande ciclo atlântico do comércio de escravos. Aquele esquecimento me colocara na situação de me ver sendo chamado à ordem por um mundo que eu destetava e por um homem que eu odiava. Saint-Jean queria me levar ao meu limite, e conseguiu totalmente quando rejeitou meu último pedido. Eu havia evocado, com a garganta apertada de raiva, a possibilidade de falar com Maram.

— Não, senhor Adanson, você não a verá. A mercadoria não deve encontrar razões para se revoltar. Ela precisa se resignar à sua sorte.

Pegando bruscamente o prato cheio de sopa que me fora servido sem que eu prestasse atenção, eu estava prestes a jogá-lo em seu rosto quando senti que alguém me segurava. Seu empregado apertava meus braços ao longo do meu corpo com tanta força que achei que ele iria esfarelá-los. Saint-Jean fez ao negro um sinal para me soltar e, levantando de sua cadeira, disse-me:

– Como pode uma coisa dessas, apaixonar-se por uma negra? Foi porque ela abriu as pernas para você? Venha comigo, vamos vê-la partir.

XXX

Eu ouvia nitidamente um barco se aproximando e os fragmentos de vozes dos marinheiros falando francês. Eles remavam cantando algo como "Reme, reme, marinheiro, a gente vai de Lorient a Gorée. Reme, reme, marinheiro, depois de Gorée a Saint-Domingue". Essa canção não era tão rudimentar quanto parece aqui, mas são essas as palavras que me marcaram e que minha memória restitui enquanto as escrevo.

Sem saber por quê, aquela canção que deveria me soar como um pesar me é cara, como se a possibilidade de que Maram, presa no seu calabouço, pudesse escutá-la, mesmo sem compreendê-la, conectava-me a ela mais do que nunca. Naquele instante, ela permanecia viva e, apesar de todos os obstáculos que Saint-Jean erguera entre nós, eu ainda esperava salvá-la. Sua viagem sem retorno ao país da escravidão, inscrita nas palavras do canto dos marinheiros negros, parecia-me irreal. Eu amava Maram e não podia acreditar que ela seria tirada de mim, tragada pelo horizonte, comida pela América.

Conforme Saint-Jean me sugerira batendo o pé, Maram estava presa, junto com outros negros, em porões situados abaixo de sua sala de jantar. Eu estava à mercê do governador de Gorée, à mercê do seu mundo cuja força, tão poderosamente inexorável quanto a lei da atração universal, arrastava consigo corpos e almas tanto de negros como de brancos.

Titubeando, subitamente desprovido de energia, atravessei a sala de jantar seguindo seus passos, sempre escoltado por seu empregado, e descemos por uma das duas escadas em forma de arco com círculos simétricos que davam no pátio interior da casa. Exatamente no centro da fachada, entre o começo das duas escadarias que levavam aos apartamentos de Saint-Jean, de onde viemos, encontrava-se uma pesada porta de madeira reforçada com pregos enormes. Em pé ao lado dela, um guarda a abriu sob a ordem do governador. Um cheiro forte de urina chegou até mim. Tudo estava escuro. O guarda entrou e eu o ouvi correr. Ele abriu outra porta tão pesada quanto a primeira, cerca de vinte metros mais adiante, no final de um corredor margeado de um lado e de outro por calabouços trancados com enormes portões. Aquela segunda porta se abria para o mar. Uma lufada de ar fresco levou um pouco do fedor nauseabundo dos porões, cujo interior permanecia escuro apesar da luz que tentava invadi-lo.

Colocando seu lenço de renda sobre o nariz, Saint-Jean foi o primeiro a entrar no corredor e andou sem lançar um olhar ao entorno até chegar à porta do lado oposto. Eu o segui, procurando Maram com o olhar. Vi somente um amontoado de sombras aglutinadas no fundo dos porões, mantendo-se longe dos portões. Para além da porta, uma ponte flutuante estava estendida sobre o oceano. Saint-Jean tomou a frente. O barulho dos seus passos sobre as tábuas de madeira era sobreposto pelo grande rumor das ondas batendo nas rochas negras e luzidias que espetavam o mar. Elas eram como dentes afiados prestes a se fecharem sobre ele. Permaneci atrás, na borda da ponte, contido pela mão do guarda sobre meu ombro.

Os marinheiros, cujos cantos levados pelo vento até a sala de jantar de Saint-Jean, um andar acima, eu havia escutado, atracaram seu barco na ponte. Quatro dentre eles, armados com rifles, encontraram Saint-Jean, que com o dedo indicador lhes mostrou os porões. Eles avançaram em minha direção e o guarda me fez recuar até o meio do corredor, pois apenas uma pessoa por vez podia cruzar a porta. Dois marinheiros, correndo com os rifles a tiracolo, entraram sem me cumprimentar. O primeiro portão que mandaram abrir diante de mim pelo guardião da prisão deixou passar uma dezena de crianças, a maior parte nua, cuja mais velha deveria ter por volta de oito anos, e a mais nova, quatro, talvez. Elas saíam em duplas, em fila indiana, segurando na mão uma da outra, precedidas por um dos dois marinheiros e seguidas pelo outro. Elas passaram a porta. Eu as via avançar com seus passinhos, titubeantes, provavelmente cegas pelos estilhaços de luz refletidos pelo mar. O sol em seu zênite tragava a sombra sob seus pés. Quando chegaram ao final da ponte, parecendo tão leves quanto bonecos de pano, carregadas pelas axilas, as crianças eram jogadas na água para se afogarem, pois o barco onde eram recebidas num nível abaixo permanecia invisível para além das últimas tábuas do atracadouro. Quando todas elas desapareceram, engolidas pelo oceano, o guarda abriu os porões das mulheres.

A primeira que saiu foi Maram. Ela estava vestida do mesmo modo de quando eu a vira partir para a ilha de Gorée saindo da praia de Anse Bernard, prisioneira de Seydou Gadio. Mas ali, ela prendera em torno da cintura a peça de tecido amarelo-claro que no dia anterior usara delicadamente amarrado sobre a cabeça. Eu estava praticamente ao seu alcance quando ela avançou para fora do calabouço, com os braços esticados, conforme lhe recomendara o guarda para poder acorrentá-la com mais facilidade. De seu lado esquerdo, eu podia ver sua bela silhueta, sua fronte abaulada, seu nariz cujos contornos estavam marcados por um rastro de luz proveniente da porta aberta para o mar.

Saint-Jean quis que eu a visse uma última vez. Se não cabia em seu sistema de mundo que um francês pudesse se apaixonar perdidamente por uma negra, ele provavelmente pensara que a frustração de perdê-la para outro homem me faria sofrer. Mas ele não desconfiava que o que me desesperaria acima de tudo seria o gesto de Maram de estender os braços em direção às suas correntes como se ela própria se oferecesse em sacrifício, resignada ao seu destino.

Em um impulso instintivo que, daquela vez, não se deixou conter pelo negro de Saint-Jean que estava atrás de mim, eu me joguei sobre o guarda que se preparava para acorrentar os pulsos de Maram e o derrubei no chão. Aproveitando da confusão que se desencadeou, consegui pegar numa mão de Maram e puxá-la para o único lugar aberto em nossa frente, a porta que dava para a ponte. Nós a atravessamos correndo, ela e eu, nossos corpos por um breve instante encostados um ao outro, sua mão direita na minha mão esquerda.

Durante os poucos segundos que durou nossa corrida, creio que fui feliz. Melhor do que palavras de amor, do que um olhar terno ou um abraço apaixonado, a mão esquerda de

Maram segurando a minha provocou em meu espírito a sensação muitas vezes descrita por aqueles que dizem ter voltado da morte. Mas, em vez de um rápido desfile das memórias de uma vida inteira que estava prestes a se encerrar, meu espírito me ofereceu o esboço sonhado de uma existência feliz e imaginária ao lado de Maram. Uma breve intuição de felicidades intensas que ainda não eclodiram. Uma simbiose isenta das desilusões e amarguras que o mundo em seu jeito de odiar a diferença provavelmente jogaria sobre nosso amor.

Maram e eu havíamos acabado de cruzar a porta de uma viagem sem retorno.

Eu havia empurrado dois marinheiros em nossa corrida e estávamos quase alcançando a extremidade da ponte quando o tiro de rifle que me era destinado foi disparado. Estava escrito lá em cima que a bala que me visava não me alcançaria. Levada pelo impulso de nossa corrida, Maram não desabou de bruços ao final do atracadouro, como eu fiz, mas caiu na água, tocando de leve a proa do barco carregado de crianças escravas. Eu a vi afundar no mar e depois retornar à superfície, projetada no ar pelo movimento violento de uma onda que a levou para o alto-mar. Ela estava inerte, deitada em uma mortalha de espuma avermelhada que começava a cobrir seu corpo.

Eu ia me jogar após ela, não para salvá-la, pois ela estava perdida, mas para encontrá-la em sua morte. Mas eu mal tentara me lançar e já havia sido derrubado no chão, bem na beirada da ponte. Ali, com o pescoço retesado, enquanto sentia um joelho pressionando minhas costas, acreditei ver pela última vez a silhueta luminosa de Maram presa em uma rede de bolhas iridescentes, logo antes de ser tragada pelo Atlântico. Ondas, marulhos, submersão.

XXXI

Não há humilhação que Saint-Jean, enfurecido com a perda de sua "mercadoria", não tenha tentado me infligir. Mas nenhuma delas podia me atingir, estava aninhado em meu próprio sofrimento. Por que eu derrubei o guarda, por que puxei a mão de Maram? Eu era o responsável pela morte da minha bem-amada efêmera. Meu ato irrefletido fora egoísta. Eu era como Saint-Jean, quis me apropriar dela. Numa tentativa de me perdoar, me apegava à entrega de sua mão à minha. Maram pareceu aceitar que corrêssemos juntos em direção à morte, que combinássemos nossos destinos. Mas isso seria uma prova de amor? Eu não estaria atribuindo a ela sentimentos que pertencem apenas a mim? Ela me concedera sua mão para uma marcha nupcial que acabara como fúnebre. Minha loucura a enviou aos Infernos, como Orfeu e Eurídice.

Eu estava obcecado com tantos sentimentos contraditórios, preso em reflexões tão amargas, que nada do que Saint-Jean fazia para me depreciar podia me alcançar. Meu espírito estava como essas tartarugas marinhas que, surpreendidas numa praia, fecham-se e não saem de sua carapaça mesmo quando são jogadas nas chamas.

Quando todos os escravos foram embarcados no navio negreiro, fui preso no calabouço das mulheres, embaixo da sala de jantar de Saint-Jean, sob seus pés. Eu estava mergulhado na escuridão daquele lugar imundo onde Maram estivera algumas horas antes. Saint-Jean acertara: nenhum outro lugar no mundo poderia ter reavivado mais cruelmente meu sofrimento.

Eu me sentia mal, o calor era enorme. Um fedor pungente de urina e excrementos, certamente proveniente de todas as crianças assustadas que foram trancadas ali, subia do calabouço vizinho. Impregnando o chão de terra batida, escorrendo pelas paredes, vibrações de dores inconsoláveis, sedimentos de gritos de mulheres enlouquecidas, de crianças roubadas da mãe, de irmãos chorando por suas irmãs, de suicidas silenciosos, sufocavam-me. Eu me mantinha de pé com as mãos agarradas nas grades da minha prisão para não cair no lamaçal sobre o qual meus pés descalços deslizavam. Saint-Jean cuidara para que o calabouço onde haviam me trancado não fosse limpo. Logo senti ratos roçando meus pés e me pus a chorar, pensando que talvez eles tivessem mordido Maram.

Mas o pior era que, sozinho comigo mesmo, eu já não me reconhecia. Eu havia perdido a razão. Por que tentei salvar Maram de uma forma tão irracional? Eu não deveria ter atrasado sua partida, convencido Saint-Jean de que eu tinha recursos para comprá-la pelo dobro do valor que ele pretendia tirar do senhor de Vandreuil? O que teria me custado encenar a comédia de uma paixão trapalhona por Maram da qual Saint-Jean acabaria por achar graça e se divertiria em facilitá-la por solidariedade viril? O que importaria os meios se, no fim das contas, Maram estivesse viva? Mas em vez de manter a cabeça fria, de seguir um plano que se valeria da pequenez de alma do governador de Gorée, eu me deixei levar pela comoção de vê-la estender suas mãos para serem acorrentadas.

Eu interpretei seu gesto como uma renúncia, como uma aceitação do crime que ela não havia cometido. Resignada a não poder voltar à aldeia de Sor, convencida de que a honra de sua família estava irremediavelmente perdida por culpa sua, ela achara justo se tornar escrava. Mas ela sabia o que a aguardava do outro lado do Atlântico? Será que pensava, como muitos outros escravos negros, que seria levada a um abatedouro para alimentar os brancos de lá? Aquela morte, longe de sua casa, era-lhe indiferente? Mas eu sabia o que a esperava nos canaviais de Saint-Domingue ou mesmo na cama do senhor de Vandreuil, o governador da Luisiana, amigo de Saint-Jean.

Saint-Jean não me deixou preso naquele calabouço por mais de uma tarde. Não foi por piedade, mas porque ele sabia que não era de seu interesse manter-me perto por muito tempo. Eu tinha uma vantagem sobre ele que o impediria de relatar na França minha tentativa louca de salvar uma negra por quem eu estava apaixonado. Havia um grande risco de que eu o denunciasse aos seus superiores. Vender a preço de ouro belas escravas por sua conta e risco com certeza não levaria à sua demissão, pois essa era uma prática tolerada entre os governadores da ilha de Gorée desde que não fosse exagerada. Porém ela colocaria em perigo sua carreira. Não teria sido uma política oferecer aos seus concorrentes, que disputavam os mesmos postos prestigiosos que ele, a segurança de que existia uma testemunha, exasperada, do seu enriquecimento pessoal em detrimento da Concessão do Senegal. Por menores que fossem as perdas geradas em seu orçamento, ninguém podia, naquela época, roubar impunemente do rei da França.

Saint-Jean devia se arrepender de ter falado demais ao me informar sobre a venda de Maram ao senhor de Vandreuil. Entendi isso ao ler a carta que ele me enviou quando saí da prisão. Ele escrevera que eu não havia me comportado como um homem de bom senso, que eu não ganharia nada de bom para minha carreira de acadêmico publicando minha infeliz paixão por uma negra. Quanto a ele, ele se considerava suficientemente vingado do prejuízo que eu lhe havia causado, ainda que lamentasse ter me submetido a quatro horas de calabouço. Mas ele tinha o dever de me enclausurar para dar bom exemplo a todos os seus homens, que não esperavam menos de sua autoridade. Ele concluíra lembrando que estaríamos quites um com o outro se, no meu retorno à França, eu concordasse em escrever alguma coisa sobre a boa administração de Gorée. Por "boa administração" devia-se entender os lucros que Saint-Jean proporcionava à Concessão do Senegal graças aos escravos que ele conseguia reunir e mandar para a ilha. Quatrocentas almas, em média, na época em que eu estava no Senegal.

Eis então que me vi livre antes de ter tempo para pensar nas misérias do meu próprio destino. Se eu houvesse permanecido mais tempo trancafiado no calabouço onde Maram estivera, à minha dor se somaria a difícil perspectiva de ter de explicar aos meus pais que eu arruinara minha futura carreira de acadêmico por amor a uma negra. Embora nutrisse afeto por mim, meu pai não teria admitido tal coisa, e também não estou certo de que minha mãe me perdoaria.

Saint-Jean me mandou embora da ilha de Gorée com a ordem de voltar a Saint-Louis pelo caminho mais rápido, à praia da Grande Côte. Aceitei, pois aquele era o caminho que Ndiak tinha que tomar para voltar de Nder, onde se arriscara ao interceder pela causa de Maram junto a seu pai, o rei de Waalo.

Quando desembarquei no continente, encontrei na praia minha escolta armada assim como os carregadores de minhas malas. Ninguém sabia ou queria me dizer onde estava Seydou Gadio. Tampouco mencionavam meu cavalo, que desaparecera ao mesmo tempo que ele. Seus olhares me evitavam, de certo eles me achavam estranhamente sujo, esfarrapado, os olhos confusos como os de um louco, mas não ousavam rir de mim, pois pressentiam que eu tinha vontade de morrer.

Indiferente à minha aparência, eu lhes dei a ordem de me levarem à aldeia de Yoff, situada na Grande Côte. Sem Ndiak e Seydou Gadio, não passávamos de oito pessoas. Eu seguia de longe os sete negros que andavam o mais lentamente possível para me esperarem. Eu avançava, esfacelado de remorsos, arrastando os pés, parando a todo momento durante nossa travessia pela floresta de Krampsanè. Bastava eu ver um ébano que corria para escutar a terra sob seus pés. Talvez fora sobre aquela raiz aparente que Maram, exausta, apoiara sua cabeça esperando a morte, após sua fuga do barco de Estoupan de la Brüe? Talvez fora ali que ela enterrara o cajado de couro vermelho incrustado de búzios da velha curandeira

Ma-Anta? Fragmentos da história de Maram afluíam em minha memória, e uma geografia imaginária substituía a real. Eu ia de ébano em ébano, seguindo o percurso da história de Maram muito mais do que o caminho que levaria a Yoff.

Quando finalmente chegamos, ao fim de uma jornada de errância, fui muito bem recebido pelo chefe da aldeia de Yoff, que eu havia conhecido durante minha primeira viagem ao Cabo Verde. Saliou Ndoye, como todos que cruzaram comigo, parecera assustado ao me ver. Entendi que para que me deixassem remoer minhas dores em paz eu deveria estar bem apresentado. Livrei-me então das roupas que eu usava desde que Maram me dera – mas ao menos tive a presença de espírito de lavá-las cuidadosamente e dobrá-las em uma de minhas malas. Tomei banho, fiz a barba e me troquei. Agia como se houvesse me tornado um autômato de Vaucanson, entregue à máquina do meu corpo sem que minha vontade parecesse minimamente engajada. Meu anfitrião, Saliou Ndoye, foi o primeiro que, tendo conhecido o Michel Adanson de antes, ingênuo, curioso, sociável e bastante alegre, entendeu que o jovem homem que ele havia encontrado já não era o mesmo.

Eu havia me tornado quase afásico, apático, nada mais me interessava, nem mesmo as plantas raras, nem as curiosidades da bela natureza oferecidas pelo entorno de Yoff. Eu não podia mais vê-lo. Eu o detestava a tal ponto, desde que ele levara Maram, que me questionava como iria conseguir voltar para a França de barco. O enjoo de mar que sempre tive não era nada comparado ao mal de viver que me invadira e que, assim eu esperava, diminuiria com o meu retorno à casa. Eu tinha saudades do frio, do cheiro de grama molhada e dos cogumelos, do som dos sinos ritmando a vida no campo e nas cidades do meu país.

O gênero humano como um todo me parecia odioso, e eu odiava a mim mesmo. Uma raiva contínua ofuscava minha visão do mundo e, com aquela sabedoria típica dos negros do Senegal, Saliou Ndoye não fez caso da minha falta de educação que ele julgava involuntária. Ele me deixou tranquilo na concessão atribuída a mim e à minha escolta.

Só recobrei minhas forças ao cabo de três noites. Na manhã do quarto dia, deixamos Yoff pela praia que nos levaria diretamente a Saint-Louis, no norte. Eu me culpei por não ter decidido partir antes pois, em meu egoísmo, eu havia esquecido que procedendo daquela maneira eu obrigava Ndiak a percorrer um caminho mais longo do que seria preciso para nos encontrar.

E, como eu havia imaginado, dois dias depois de ter deixado Yoff, avistei-o de longe na praia, avançando em nossa direção.

Ele vinha a pé e não a cavalo. Sua silhueta alta e franzina era bem reconhecível. Desde a época que eu o vira pela primeira vez, ele havia crescido muito rápido, mas não havia ganhado corpo. Sua camisa azul flutuava nele como uma pequena vela inflada pelo vento, que o levava em seus turbilhões, ora para a frente, ora para trás. Ele andava a duras penas. Um objeto muito espaçoso de cor marrom que ele abraçava contra seu peito com seus longos braços magros retardava sua caminhada titubeante e obstinada. Comecei a correu ao seu encontro e logo pude vê-lo nitidamente. Ele estava num estado de dar pena, suas roupas sujas, suas botas de cavaleiro de couro marroquino amarelo, das quais ele tanto se orgulhava, marcadas com grandes manchas acastanhadas. O que ele carregava nos braços, como se carrega uma criança dormindo, era a sela de cavalo inglesa que lhe fora dada pelo rei de Kayor na aldeia de Meckhé.

Ficamos em pé de frente um para o outro, sem dizer uma palavra, Ndiak e eu, lendo sem dificuldade em nossos semblantes a tristeza de nossas histórias mútuas.

Nós nos encontramos na altura da aldeia transitória de Keur Damel, onde algumas paliçadas remanescentes, carregadas pelo vento, jaziam sobre a praia. Estiquei sobre a areia uma grande esteira e nos sentamos, com as costas voltadas para o mar. Ndiak não havia comido desde o dia anterior e, enquanto chupava um pedaço de cana-de-açúcar para encontrar forças para me escutar, eu lhe contava a morte de Maram em Gorée. Seus olhos estavam cheios de lágrimas ao fim da história, e nós permanecemos em silêncio até estas palavras de Ndiak, que nunca esqueci:

– A vida é muito estranha. Há apenas sete dias, esta aldeia de Keur Damel nos era um lugar totalmente indiferente. Hoje, ela é a origem de todos os nossos infortúnios. O homem que avança pelo caminho da vida se depara com bifurcações, encruzilhadas fatais, que ele apenas reconhece como tais depois ter passado por elas. Keur Damel estava no cruzamento de todos os caminhos possíveis de nossos destinos. Se Seydou Gadio e eu houvéssemos escolhido, Adanson, transportar você de maca até Yoff e não à aldeia de Ben, ou você estaria morto, ou alguém que não Maram teria te trazido de volta à vida tão bem quanto ela o fez. Durante seu período de convalescência em Yoff, Baba Seck, que teria chegado antes de nós em Ben, talvez tivesse sido morto pela serpente gigante de Maram. Se ela houvesse tido o tempo de fazer o corpo do seu tio desaparecer em um canto remoto da floresta de Krampsanè, ou mesmo sob a terra de sua concessão, ninguém em Ben nunca teria descoberto sua verdadeira identidade. Seydou Gadio não teria tido a oportunidade de encontrar seu rifle. Maram ainda estaria viva e eu nunca teria ido a Nder suplicar em vão ao meu pai, o rei sem coração, para perdoá-la.

Com essas últimas palavras de Ndiak, não pude segurar o choro.

Escutamos atrás de nós o tilintar de conchinhas remexidas pelo fluxo e refluxo do mar. Os estilhaços de vozes das pessoas de nossa escolta, que por discrição estavam sentadas longe de nós, nos chegavam por pequenas ondas de sons rodopiando no vento marinho que levantava a areia.

Após um longo momento que passei sonhando com o que Ndiak me dissera sobre os acasos de nossos destinos, perguntei-lhe onde estava o seu cavalo. Alguém o roubara, assim como Seydou Gadio havia roubado o meu? Ndiak me respondeu que ele desabara, em plena corrida, ainda pela manhã, depois de ter galopado quase sem descanso desde que haviam deixado a aldeia de Ben em direção a Nder. Quando Mapenda Fall caíra, destruído, Ndiak fora projetado para a areia da praia, o que atenuou o choque da queda. Foi extremamente difícil retirar sua sela. Para desabotoá-la, ele fora forçado a estripar seu cavalo, daí as manchas de sangue seco em suas botas.

Eu sabia o quanto Ndiak era apegado àquele cavalo que ele batizara com o nome de sua mãe e fiquei surpreso com a frieza com que ele me contara seu triste fim.

– Eu não chorarei meu cavalo – ele disse –, como também não chorarei o mundo de onde venho. Quando solicitei ao meu pai seu perdão para Maram, ele respondeu que o assunto não lhe dizia respeito, que se eu me importava com ele, que fosse eu mesmo comprá-la de volta do senhor de la Brüe. Oh, nossa conversa não durou muito tempo: a palavra do rei de Waalo é irrevogável. E como minhas duas únicas riquezas eram meu cavalo e minha sela, pensei que poderia vender por um bom preço tanto um como outro, tão logo estivesse no Cabo Verde, para comprar Maram de volta. Eu perdi meu cavalo, mas ainda tinha a sela do rei de Kayor. Eu a carrego em meus braços há um longo tempo. Agora, ela já não tem nenhuma utilidade. Eu a ofereço a você, Adanson.

Ndiak falara com serenidade. Não estava brincando, não piscava os olhos como quando queria bancar o engraçado e o espertalhão comigo. Ele sorria para a nova vida que prometia para si mesmo.

– Meu cavalo está morto por ter tentado salvar uma jovem mulher da escravidão – ele acrescentou. – Ele teve um belo fim. A que preço o rei de Kayor o comprara dos brancos ou dos mouros? Por dez escravos? Eu não deveria ter dado o nome da minha mãe a este presente, que deveria ter me envergonhado, e não me dado orgulho. Entendi isso logo após ver meu pai. Decidi então deixar o reino de Waalo pelo de Kayor. Irei antes a Pir Gourèye. Lá, estudarei o livro sagrado do Corão para tentar alcançar a sabedoria. É o único lugar neste país onde a venda e a compra de escravos são proibidas. Em Pir Gourèye, um cavalo não custa a liberdade de jovens homens e jovens mulheres como Maram. Espero que o grande *marabout* aceite que eu me torne um de seus discípulos.

Após essas palavras, Ndiak tirou suas botas e mergulhou sua mão direita na areia imaculada da praia. Pegou um punhado dela e passou em seu rosto, em suas mãos e seus pés num rito de abluções, depois ficou de pé. Com a cabeça voltada para o sol e as palmas das mãos viradas para o céu, rezou longamente para seu Deus, enquanto um crepúsculo discreto avermelhava-se em suas costas.

XXXII

Na manhã do dia seguinte, Ndiak não estava mais lá. Exatamente no local onde nos encontramos, ele e eu, na praia, um acampamento havia sido montado por gente minha. Ali, eu e Ndiak compartilhamos um último jantar à luz de uma lareira que foi suavemente se apagando à medida que Ndiak tentava me consolar pela perda de Maram. Enquanto eu ainda dormia, Ndiak desapareceu na noite escura sem me dar adeus. Ele partiu na direção leste, com as costas voltadas para o Atlântico, segundo o que me contou um de meus carregadores, possivelmente para Pir Gourèye, como me dissera.

Sua partida me fez tão mal quanto a de Maram. Eu a senti como se ele houvesse morrido. Em meu espírito, dali para a frente, um e outro viajavam por mundos irreais, sonhos de existência, no cruzamento de caminhos que, à medida que passavam sob meu impulso imaginário, distanciavam-se cada vez mais de mim.

Sentia minha cabeça oca, nada mais me interessava. Já não observava nem plantas, nem pássaros, nem conchinhas que teria podido recolher na beira-mar por onde eu caminhava para voltar a Saint-Louis. Eu me dei conta de como um país, por mais bonito e interessante que pudesse ser num sentido absoluto, não representava mais nada quando não o povoamos com nossos sonhos, nossos desejos, nossas esperanças. De agora em diante, a visão dos baobás, dos ébanos e das palmeiras reavivava meu desejo de rever carvalhos, faias, choupos e bétulas. Nada mais da África encontrava graça aos meus olhos. Eu estava cansado da luz crua do seu sol devorador de sombras. Tudo o que eu havia achado belo, novo e inesperado na minha chegada ao Senegal, homens, frutas, plantas, animais estranhos, insetos, répteis, já não me maravilhava. Eu sentia saudade do frescor das brumas matinais, do cheiro dos cogumelos nos bosques, do barulho das torrentes de nossas montanhas. Eu só queria voltar para a França.

Quando voltei à ilha de Saint-Louis, quase não saí mais de lá. Estoupan de la Brüe não pediu para me ver. Provavelmente seu irmão lhe escreveu contando-lhe o que me acontecera na aldeia de Ben e na ilha de Gorée. De la Brüe não devia querer me ouvir falar sobre Maram. E, sobre os relatórios da missão de espionagem do reino de Kayor que ele me ordenara fazer, eu me dei por satisfeito de enviar-lhe a sela inglesa que Ndiak havia deixado comigo. Junto a ela acrescentei um curto bilhete no qual explicava que aquela sela era um presente do rei de Kayor indicando que ele tratava igualmente bem ingleses e franceses. Ignoro o que Estoupan de la Brüe fez com essa informação, mas sei que, cinco anos após minha partida do Senegal, os ingleses tomaram Saint-Louis e Gorée.

Esperando meu retorno à França tão impacientemente quanto eu, Estoupan de la Brüe providenciou para mim um jardim de experimentos pertinho do forte de Saint-Louis. Logo minha diversão consistia em tentar aclimatar naquele jardim plantas e frutas da França cujas sementes me foram enviadas pelos irmãos Jussieu, meus mestres da Academia real das ciências de Paris. E foi graças àquele jardim que me reconectava à França que a nostalgia do meu país substituiu insensivelmente o desaparecimento de Maram e de Ndiak.

Após ter deixado por um tempo a descrição das plantas para encontrar humanos, eu voltava à minha primeira paixão, pouco a pouco reencontrava meu gosto pelo estudo da natureza. Fui progressivamente recuperando meus hábitos de trabalho e finalmente me lancei em minhas pesquisas de botânica com uma paixão ainda maior porque ali eu encontrava o reconforto do esquecimento. Foi naquela época que concebi meu projeto de enciclopédia universal e que minha mente começou a se dedicar a ele dia e noite.

Às vezes, apesar das minhas novas preocupações, a melancolia negra novamente ganhava espaço em mim. Ela me invadia brutalmente e, para conseguir escapar-lhe, precisava me concentrar nas minhas sensações. Quando consegui liberar a impressão sensorial que me lembrava Maram, esforcei-me para erradicá-la ou, quando isso era impossível, para ignorá-la.

Cinco semanas antes do meu retorno à França, fiz uma última viagem de piroga pelo Senegal até a aldeia de Podor, onde a Concessão mantinha um forte de tráfico. Eu me dera a tarefa de cartografar os meandros do rio desde sua nascente e de coletar sementes de diversas plantas raras que destinaria ao Jardin du Roi. Eu sempre perguntava aos *laptots* – esses pescadores que fazem ofício de intérpretes para os franceses – que conduziam nossa piroga comercial para me desembarcarem, seja para fazer levantamentos topográficos, seja para caçar e recolher plantas medicinais ao mesmo tempo. Estava absorto nas descrições, que eu queria que fossem precisas e que eu acompanhava por desenhos com intuito de gravá-los em minha enciclopédia, meu *Orbe universel*. Grandes animais como hipopótamos ou até peixes-boi, que certa vez marinheiros europeus confundiram com as sereias da mitologia, abundavam naquela parte do rio distanciada de Saint-Louis.

Na metade do caminho, nada de muito relevante havia acontecido, e, como nossa piroga comercial quase não avançava mais em razão de fortes correntes contrárias, em vez de me entediar, eu passava a maior parte do meu tempo na margem esquerda do Senegal. Em companhia de um *laptot*, eu caçava, por distração, todos os animais de pelo e de pluma que podia. Eu também não deixava de colher as flores mais estranhas que encontrava e de preparás-las para os meus herbários. E foi assim que, absorto em uma ou outra dessas atividades, consegui não pensar mais em Maram, até o momento em que, num fim de tarde, ela reapareceu subitamente em meu espírito com uma nitidez que me deixou perturbado.

Sabendo que não há nada de imaterial em nossos pensamentos e que, geralmente, eles são o resultado de choques por um ou vários de nossos sentidos, imediatamente procurei o que havia causado a irrupção de Maram na minha memória. Após um lapso de tempo bem curto, descobri que não fora a visão de um animal, nem mesmo de uma planta daquela floresta, quase idêntica à da aldeia de Sor, a causa desse retorno do sofrimento, mas um cheiro de casca de eucalipto sendo consumida. Quando Maram me contara sua história, na penumbra de sua cabana em Ben, a fumaça de incenso que escapava de um vasinho de barro ornado de figuras geométricas recendia a casca de eucalipto queimada. Com essa lembrança, fui tomado por uma vertigem de tristeza que me levou ao chão. E ajoelhado, apesar da presença do *laptot*, comecei a chorar com todas as minhas forças, como nunca fizera até então, nem mesmo quando perdi Maram na ilha de Gorée.

Assim, eu ainda estava à mercê de qualquer sensação que me evocasse Maram! Entendi que eu só deixaria de ser atormentado por sua lembrança quando deixasse o Senegal. Mas ali onde eu me encontrava, em uma margem do rio, em meio a lugar algum, longe de Saint-Louis, eu era prisioneiro dos meus próprios lamentos, do meu amor-próprio cortado pela raiz, de minhas esperanças frustradas. E, com a ideia cruel de que, para Maram e eu, viver juntos seria algo impossível em razão dos preconceitos de nossos respectivos mundos e, mesmo que ela ainda estivesse viva, não poderíamos nos unir, nem diante de Deus nem diante dos homens, fui tomado, quando minha crise passou, por uma ira imensa.

Possuído por uma raiva destrutiva e, desejoso de acabar com aquele cheiro de casca de eucalipto queimado, não encontrei outra monstruosa solução senão provocar um imenso incêndio na mata onde ela teria se perdido, coberta pelos cheiros de milhares de outras essências de árvores, ervas e flores em chamas.

Já que a prática das queimadas para fertilizar as terras era algo comum no Senegal, o *laptot* que me acompanhava, mesmo sendo pescador e não agricultor, não se espantou ao me ver empenhado para que o incêndio fosse gigantesco.

Com sua ajuda, creio que consegui por fogo em muitos hectares da floresta.

Nossos corpos suavam, o calor sufocante do fim do dia se intensificava com as chamas que subiam ao nosso redor. E foi assim que, perseguidos por nosso próprio fogo, exaustos, precisamos nos refugiar na beira do rio onde tivemos apenas o tempo de embarcar em nossa piroga. Assim que nos distanciamos da margem, vimos se aproximarem de nós longos troncos de árvore com a casca rachada e escura. Eram crocodilos negros, que se proliferavam naquele lugar, vindo receber seu tributo de caça queimada oferecido pela floresta em chamas. E assim, fugindo do incêndio, animais de todo tamanho e de toda cor mergulhavam no Senegal onde, tufos de água, não acabavam de morrer metade queimados, metade afogados, antes de serem capturados pelas enormes mandíbulas rosa ou amarelo-claras dos crocodilos negros.

Enquanto o dia desaparecia, refugiados em nossa piroga, não muito distante do teatro daquele massacre, meus companheiros *laptots* e eu olhávamos, silenciosos, o incêndio lutar contra a água. Feixes de fogo engoliam as árvores que desabavam no rio, fumegando com todos aqueles sacrifícios de madeira e de carne, de seiva e de sangue, que eu lhe ofereci. Mas naquele caos de luzes ofuscantes e de fumaças acres, naquele apocalipse de água, de fogo e de ar tórrido, apesar de toda a energia que eu havia empenhado para erradicá-la, ainda acreditava sentir o cheiro inebriante de casca de eucalipto queimado que me lembrava Maram. Maram, sempre Maram.

XXXIII

Uma vez de retorno à ilha de Saint-Louis, após minha viagem por rio até a aldeia de Podor, onde passei apenas três dias antes de ficar entediado, comecei a colocar minhas coisas em ordem para preparar meu retorno à França. Eu precisava separar em caixas as coleções de conchas, de plantas e de sementes que eu havia reunido no Senegal durante os quatro anos que duraram minhas pesquisas em história natural. Aquela atividade ocupou meu espírito por um mês inteiro sem que a memória de Maram viesse me afligir com demasiada frequência. Mas na véspera da minha partida do Senegal, na noite em que me pus a arrumar meus pertences pessoais, achei que meu coração, tomado pelo incêndio que eu mesmo havia provocado no rio, se reduziria a chamas.

Logo encontrei num de meus baús de roupas, na parte de cima, cuidadosamente lavadas e dobradas, como eu havia pedido à minha gente quanto estávamos em Yoff, a calça de algodão branco e a camisa estampada com caranguejos roxos e peixinhos amarelos e azuis que Maram me dera para que eu me trocasse na noite fatal, quando estava na casa dela. Mesmo que ainda exalem esse cheiro de manteiga de karité que nunca gostei, decidi guardá-las. Eu nunca voltaria a vesti-las em toda a minha vida, mas aquelas roupas eram uma das raras provas tangíveis de que Maram me dera atenção, de que cuidara de mim. Por outro lado, joguei fora a camisa, as meias e a calça que ficaram sujas com o suor da febre que me pegara de surpresa em Keur Damel. Aquelas roupas tinham marcas de manchas avermelhadas que a chuva torrencial espalhou quando as estendi, depois de tê-las lavado, em uma paliçada da concessão de Maram. Até parecia, à luz da vela que iluminava meu quarto no forte de Saint-Louis, que estavam manchadas de sangue coagulado.

Uma a uma, eu colocava as minhas roupas no chão para fazer a triagem quando, chegando quase ao fim do meu baú, cujo fundo não estava bem iluminado pela luz fraca da vela, senti sob meus dedos uma textura que não era a de um tecido de roupa. Acreditando que meus dedos roçavam um desses grandes lagartos inofensivos que no Senegal eram chamados de *margouillats*, retirei minha mão bruscamente. Mas como aquele *margouillat* teria se infiltrado no meu segundo baú de roupas, que permanecera fechado desde que eu partira para a aldeia de Yoff, no Cabo Verde, já havia alguns meses? Aproximei a vela e descobri que a pele que eu havia tocado era de fato a de um réptil, mas não a de um *margouillat*, como eu pensara. À luz cambaleante da pequena chama, numa mistura de alegria e medo, desacelerei ao ver, cuidadosamente dobrada, brilhante como se ainda revestisse um animal vivo, negra, estriada de amarelo-pálido, a pele da cobra-totem de Maram.

Então entendi por que, quando abri meu baú, escapara um cheiro de manteiga de karité: era graças àquela gordura vegetal que Maram a preservava, impedindo que secasse ou perdesse suas cores. Sem dúvida, aquele também era um ritual que ela prestava ao seu *rab* cotidianamente para se reconciliar com ele. Mas como aquela pele de jiboia fora parar ali? Teria sido Maram que a enfiou lá? E se o acesso ao meu baú lhe tivesse sido possível, por que razão ela faria isso?

Muito comovido, tive a certeza de que, independentemente do modo como fora parar em meus pertences, aquela pele de jiboia podia ser a prova decisiva – mais do que a mão confiante que ela deslizara sobre a minha quando a levei à morte na ponte da ilha de Gorée – do amor de Maram por mim. E meu coração se apertou ao descobrir que todas as vidas felizes que eu havia compartilhado em sonho com Maram desde que ela morrera haviam ganhado uma nova parcela de reciprocidade, tornando-as ainda mais preciosas para mim. Então Maram tinha me amado! Ela teria sentido algo por mim antes da minha tentativa desesperada de salvá-la na ponte de Gorée? Teria sido quando eu lhe disse que vim de Saint-Louis para a aldeia de Ben só por curiosidade de conhecê-la? Teria sido porque eu escutara sua história sem quase nunca a interromper? Um novo oceano de ideias doces se abria diante de mim, e eu teria ficado quase feliz se aquela surpreendente prova dos sentimentos de Maram por mim não estivesse associada à cruel consciência de sua perda.

Logo me ocupei de descobrir como a pele do seu *rab* protetor pôde ter sido colocada em meu baú de roupas. Eu excluía a possibilidade de ter sido a própria Maram, pois ela sempre estivera sob a guarda de Seydou Gadio. Eu também não pensava que tivesse sido obra de Senghane Faye, seu mensageiro, o único aldeão de Ben que tentara defendê-la quando Seydou anunciara que a conduziria como prisioneira a Gorée.

Senghane não teria a oportunidade de fazer isso, pois minha escolta, assim como Ndiak, sempre vigiara meus pertences.

Um começo de resposta para aquele enigma me veio à mente quando lembrei de como Seydou Gadio havia afirmado ter encontrado os vestígios de Maram na floresta. Se fosse verdade, como o guerreiro havia dito, que ela arrastara propositadamente um cajado sobre a terra para que ele a encontrasse com facilidade sob aquele ébano e, se fosse verdade que Seydou, apesar de sua personalidade inflexível, dera a Maram o tempo de enterrar o cajado da velha curandeira, não seria plausível que eles tivessem feito outro acordo, nascido do medo do guerreiro de desagradar uma mulher tão poderosa? Não era inverossímil que Seydou, em troca da certeza de que ela não tentaria escapar e, principalmente, por medo das represálias místicas em que acreditava, tenha aceitado o pedido de Maram de esconder a pele do seu totem em meus pertences. Retrospectivamente, parecia-me que o guerreiro só fora tão inflexível em sua vontade de levar Maram a Gorée porque ela mesma lhe ordenara. Sua cólera contra mim devia-se ao seu medo da jovem mulher que sabia adestrar jiboias contra os homens. Seydou era a única pessoa do meu entorno que tinha tido acesso ao meu baú sem levantar a menor suspeita.

Já na manhã seguinte, pedi notícias de Seydou Gadio aos guardas do forte. Eu queria saber se tinha sido de fato ele quem esconderá a pele de cobra no meu baú a pedido de Maram. Esperava também que ele me relatasse com exatidão as palavras de Maram. O tempo urgia, eu estava na véspera do meu retorno à França. Porém, informaram-me que havia muito tempo ele não aparecia em Saint-Louis e que, mesmo seu acólito de sempre, Ngagne Bass, não sabia seu paradeiro.

Assim, seja porque ele temia que eu pedisse explicações sobre sua insistência em levar Maram como prisioneira a Gorée, seja porque temia que eu exigisse de volta o cavalo que ele me havia roubado, Seydou Gadio, o velho guerreiro, não retornara à ilha de Saint-Louis. Talvez ele tenha voltado diretamente a Nder, pois sua missão seria vigiar Ndiak e eu sob as ordens do rei de Waalo, e não sob as ordens da Concessão do Senegal. Se eu tinha quase certeza de que Seydou, que era *waalo-waalo*, havia tomado inicialmente a mesma estrada que eu, ao longo da praia da Grande Côte, para deixar o Cabo Verde, era plausível que ele tenha bifurcado na direção nordeste, para Nder, sem se preocupar em informar a Estoupan de la Brüe sobre minhas desventuras. E, feita esta reflexão, não achei ruim não tê-lo revisto, pois com certeza eu não teria suportado escutar as últimas palavras de Maram para mim, quaisquer que fossem, repetidas por Seydou Gadio.

Quando fui me despedir dele, algumas horas antes da minha partida à França, Estoupan de la Brüe me recebeu com frieza. A língua francesa tem essa vantagem de permitir que se cumpra formalmente os deveres de cordialidade sem se envolver de coração e sem que isso seja tomado como uma afronta pessoal. Foi também com um tom controlado e frio como o dele que eu o informei sobre o sucesso das minhas plantações no jardim de experimentos que ele me dera no final de minha estada. Os legumes e as frutas da Europa que tiveram tempo de crescer em profusão demonstravam que as terras nas proximidades do rio Senegal eram propícias a todos os tipos de culturas. Se eu tivesse tido oportunidade e vontade e, sobretudo, se ele tivesse me encorajado com sua abertura de espírito, eu teria acrescentado à minha breve exposição agrícola que os milhares de negros que a Concessão do Senegal enviava às Américas teriam sido melhor empregados no cultivo das terras aráveis da África. A cana-de-açúcar crescia facilmente no Senegal e o açúcar de que a França tanto precisava poderia ter vindo mais vantajosamente de lá do que das Antilhas. Mas Estoupan de la Brüe era a última pessoa capaz de entender aquele belo discurso, que apenas sugeri em meu relato de viagem, publicado quatro anos após meu retorno a Paris. Minha ideia era, na verdade, incompatível com a riqueza de um mundo que avançava sustentado pelo tráfico de milhões de negros há mais de um século. Portanto, devíamos continuar comendo açúcar impregnado de seu sangue. Os negros não estavam errados em acharem – talvez ainda seja o caso nos dias de hoje – que nós os deportávamos para as Américas a fim de devorá-los como se fossem gado.

XXXIV

Foi sem arrependimento que troquei o Senegal pela França no final do ano de 1753. E quando cheguei ao porto de Brest, em 4 de janeiro de 1754, o inverno estava tão gelado que todas as plantas, e mesmo as sementes que eu destinaria às plantações exóticas do Jardin du Roi, haviam congelado. Um papagaio, com penas amarelas e verdes, que pensei poder aclimatar em Paris, também morreu. Até meu coração estava gelado e eu já não era o mesmo. Meu pai morrera dois meses antes da minha chegada e minha tristeza só aumentou quando vi que não poderia explicar a ele, nem à minha mãe, a razão da minha melancolia profunda.

Eu não tinha ninguém a quem confiá-la, todos os meus próximos a atribuíam ao cansaço da minha viagem na África. E, na falta de opção melhor, acabei comprimindo-a tão forte em meu peito, dedicando todas as minhas forças à busca de um método universal de classificação de todos os seres, que acreditei ter acabado para sempre com meu pesar.

Como todos os jovens, ao menos supus que fosse assim, pouco a pouco eu apagaria minha tristeza de amor por Maram. Para falar francamente, minha paixão por botânica se apoderara de mim novamente, e eu percebia que, nos raros momentos em que minha mente divagava, principalmente à noite antes de adormecer, a imagem de Maram me aparecia cada vez menos. Às vezes, tomado por remorso, eu abria meu baú de tesouros senegaleses para tocar a pele de seu totem. Eu não cuidava dela como deveria e notei que secava, perdia o brilho de suas duas cores impressionantes, o negro-azeviche e o amarelo-pálido similar ao do ventre de uma cabaça. Mas, pouco a pouco, aquela pele de cobra já não me dizia nada sobre Maram. Nem uma nem outra pareciam resistir ao clima de Paris, à sua atmosfera de racionalidade.

Às vezes, certas lembranças perdem sua cor, como uma planta delicada perde suas folhas, quando o espírito que as alimenta já não as cerca com o mesmo afeto, com a mesma solicitude de antes. Provavelmente, porque está absorto por aspirações que surgem de um mundo diferente demais, muito distante dos ritos, das representações da vida e da morte do mundo que ele deixou. Não falando mais wolof, eu já não sonhava nessa língua, como ainda era o caso alguns meses depois do meu retorno do Senegal. E, como se as duas coisas estivem ligadas, quanto mais essa língua que eu compartilhava com Maram escapava do meu espírito, menos ela frequentava minhas lembranças e meus sonhos.

Minha primeira traição foi oferecer a pele do totem de Maram ao Duque de Ayen, Louis de Noailles, a quem dediquei também minha *Viagem ao Senegal*, publicada em 1757. Creio que ele apreciou mais aquele presente do que o meu livro. Disseram-me que ele tirava a pele de jiboia de seu gabinete de curiosidades, divertindo-se em esticá-la, em todo seu imenso comprimento, na sala de jantar do seu hotel particular para cortar o apetite dos seus convidados. Ele a havia batizado de "a pele de Michel Adanson" e, como fui evasivo acerca do modo como a obtive, ele não demorou a afirmar que fora eu quem havia matado aquela cobra gigante. Mas especificou que, tendo em vista seu tamanho, eu não teria realizado aquele feito sem a ajuda de dez caçadores negros experientes na perseguição daquele tipo de monstro, que só uma natureza como a da África poderia produzir.

Hoje, não me orgulho de admitir, mas à medida que o tempo foi apagando pouco a pouco o belo rosto de Maram da minha memória, acabei associando minha paixão por ela a uma exaltação amorosa desonrosa, a uma loucura juvenil inconsequente. Minha ambição de erudito havia se tornado tão avassaladora que sacrifiquei Maram a ela sem remorsos. E, prisioneiro da minha busca por reconhecimento e glória, nomeado por meus pares especialista em todos os assuntos que diziam respeito ao Senegal, publiquei um artigo, destinado ao Escritório das Colônias, sobre as vantagens do comércio de escravos para a Concessão do Senegal em Gorée.

Intuí, argumentei, alinhei números favoráveis àquele tráfico infame contra minhas próprias convicções, doravante profundamente escondidas, enterradas em minha alma. Mergulhado no estudo das plantas, tragado por uma sucessão de pequenos compromissos alimentados pela esperança de publicar um dia meu *Orbe universel* do qual eu esperava nada menos que a glória, perdi de vista Maram, isto é, a realidade tangível da escravidão. Ou, ao menos, dissimulei aos meus olhos aquela realidade por trás de uma demonstração contável e abstrata de suas vantagens. Agora, posso dizer que matei Maram uma segunda vez quando escrevi aquele artigo elogiando o comércio de escravos em Gorée.

Meu pai aceitara que eu não tivesse religião com a condição única de que me tornasse um acadêmico. Substituí um sacerdócio por outro e, como um homem de Igreja profana, coloquei-me às ordens da botânica, de corpo e alma. Prisioneiro voluntário da palavra dada, certa vez encontrei forças para escrever contra o amor que tive por uma jovem mulher quase no exato momento em que eu a perdia para sempre.

Mais de cinquenta anos depois da morte de Maram, foi preciso um acontecimento que contarei um pouco mais adiante em meus cadernos, Aglaé, para ressuscitar as lembranças extremamente dolorosas do amor profundo que nunca deixei de sentir por ela, apesar da longa letargia de minha memória.

Quando casei com sua mãe, minha querida Aglaé, Maram já não existia em meu espírito. Jeanne era bem mais nova que eu, e devo dizer que nos primeiros momentos de nosso casamento, ela me trouxe de volta à vida. Eu abri meu coração ao seu gosto pelo teatro, pela poesia e pela ópera. Perto de um ano antes do seu nascimento, sua mãe conseguiu até me afastar do meu trabalho. Ela me levou ao Teatro do Palais-Royal, na noite de estreia de *Orfeu e Eurídice* de Gluck, em 2 de agosto de 1775, precisamente.

Naquela época, eu ainda tentava conciliar meu amor por sua mãe com as minhas ambições acadêmicas. Foi sua energia que me ajudou, em 1770, a superar a decepção de ver a cadeira que me fora prometida no Jardin du Roi atribuída a um plagiador, um novo rico da botânica, o próprio sobrinho de Bernard de Jussieu, meu antigo mentor. Foi também sua mãe que tornou atraentes meus cursos de história natural ministrados em nossa casa, na rua Neuve-des-Petits-Champs, por dois anos seguidos, de 1772 a 1773. Ela tem esse gosto pelas relações mundanas que eu não tenho. Sua mãe entendeu bem antes de mim que eu não teria nenhuma chance de publicar meu *Orbe universel* sem o apoio de personagens bem relacionados. Sua habilidade e seu jeito sociável teriam dado seus frutos, e a sorte teria se voltado para mim, se eu não tivesse me desviado dela sempre que sua mãe a apresentava.

Naquela noite do mês de agosto de 1774, eu me sentia feliz por sua mãe ter me levado à ópera. Estávamos bem acomodados, no camarote do duque de Ayen. Não precisava ser muito perspicaz para adivinhar que aquele protetor das ciências e das artes, a quem eu havia dedicado minha *Viagem ao Senegal* e oferecido a pele da jiboia gigante de Maram, só frequentara meus cursos de botânica para cortejar sua mãe. Querendo agradá-la, conhecendo seu gosto pela grande música, Louis de Noialles nos emprestara seu camarote no Teatro do Palais-Royal.

Havíamos chegado atrasados por uma razão que esqueci, certamente por minha culpa. A orquestra em seu fosso havia acabado a afinação. Quando alcançamos nosso camarote, o silêncio se fez na plateia. Alguns binóculos voltaram-se para nós. O público estava impecável e eu me sentia desconfortável. Recuei em minha cadeira enquanto sua mãe, com o busto projetado para a frente, era a única de nós dois visível pelos camarotes vizinhos. Tenho a lembrança de seu rosto iluminado pelas milhares de velas do lustre suspenso no céu do palco, onde um quadro do primeiro ato já estava no lugar. Um bosque de árvores, pintado sobre tela, aos pés do qual se encontrava um sepulcro de mármore de papelão. Uma pequena trupe de pastoras e pastores jogava com doçura flores frescas sobre o sepulcro de Eurídice. Depois, enquanto o coro entoava lamentos, apareceu Orfeu chorando a morte de sua bem-amada.

Deslumbrado com os cantos potentes que se elevavam do palco, trazidos pela sublime música de Gluck, o rosto da sua mãe, que às vezes voltava-se para o meu, refletia as emoções dos personagens. Para dizer a verdade, não eram exatamente reflexos de suas emoções, mas uma série de expressões vindas do mais profundo de si, como se tanto Eurídice como Orfeu povoassem seu ser, apropriassem-se de sua alma, emergindo por lampejos de seus olhos.

O deus Amor, tocado pelos lamentos de Orfeu, intercedeu junto a Júpiter, o deus dos deuses, para que o príncipe de Trace pudesse ir buscar sua Eurídice nos infernos. Júpiter, trovejando, aceitou, mas com a condição impossível de que Orfeu não voltasse o rosto para olhar sua Eurídice no caminho de volta à vida.

Orfeu desce aos infernos e pega Eurídice com a mão. A melodia doce de uma flauta celestial destaca-se dos violinos. Mas Eurídice recusa-se a seguir Orfeu pois ele não a olha. Ela não entende por que o homem que ela ama não a procura com seus olhos após uma separação tão longa. Orfeu ainda a ama? Ele estaria com medo de que a morte a tenha desfigurado? Eurídice sofre, ela puxa sua mão que Orfeu havia segurado. "Mas por sua mão, minha mão já não tem pressa! / O quê, você foge desses olhares que tanto amava!" A pobre Eurídice desconhece a condição terrível que Júpiter impôs a Orfeu para que ela ressuscitasse. Aflito pelos temores de sua bem-amada, desobedecendo à ordem insuportável de Júpiter, Orfeu volta seu olhar para Eurídice para provar-lhe que ainda a ama. Imediatamente, ela desaparece como uma sombra, os Infernos a tomaram de volta. Estrondos de violinos. Gritos do coro. Desespero de Orfeu.

Orfeu tenta o suicídio, a única chance de encontrar Eurídice na eternidade. Mas, se no mito Orfeu acaba se matando para encontrar sua Eurídice nos Infernos, Gluck não quis tal desfecho. E, num arranjo final de violinos doces e de uma flauta terna, o deus Amor salva Orfeu da morte e traz Eurídice à vida.

Eu vi, durante os três atos, sua mãe chorar, tanto de pesar como de alegria. Creio que nunca esquecerei seu sorriso misturado às lágrimas na única vez em que ela virou seu belo rosto inteiramente para mim. Eu peguei sua mão direita com minha mão esquerda e a apertei ligeiramente forte.

XXXV

O tempo passou e nos separou, sua mãe e eu. Se existe uma prova de que nós nos amamos, é você, Aglaé. Você carrega o nome da mensageira de Afrodite, a mais jovem, resplandecente de beleza. Você deve isso à sua mãe, cuja sensibilidade às belas fábulas dos gregos sempre me agradou, embora por muito tempo eu não tivesse compartilhado dela. Eu poderia ter sido feliz com vocês duas se a botânica não tivesse me privado do tempo que meu amor lhes devia. Aquela ciência foi minha mestra tirânica. Ela queimou tudo em torno de mim e eu não pude me desvencilhar dela apesar de seu ciúme devorador.

Foi desde que comecei a escrever esses cadernos para você, Aglaé, que acredito ter conseguido me livrar completamente do seu domínio. Mas, para ser honesto, eu só comecei a me libertar da minha obsessão de publicar minha enciclopédia universal no início do mês de abril do ano passado, logo após o fracasso da minha última tentativa de publicá-la em sua integralidade de vinte tomos.

Eu havia escrito para um Imperador uma nova carta, na qual pedia-lhe o favor de ser o mecenas do meu *Orbe universel*. Sua resposta, a promessa de uma gratificação de três mil francos, pareceu-me um ato de caridade. Uma caridade concedida aos últimos caprichos de um velho acadêmico. Pensei em recusá-la, pois não havia solicitado uma pensão suplementar. Confiei minha decisão ao meu amigo Claude-François Le Joyand, que se empenhou a me convencer de aceitar aquela pequena doação imperial – minha recusa o colocava numa saia-justa fora ele que mobilizara suas relações para que o Imperador se dignasse a dar uma olhada na minha carta. "Uma coisa boa puxa outra", ele não parava de repetir. "O Imperador acabará por entender a utilidade da sua enciclopédia para a influência científica da França na Europa."

E foi com essas palavras que Le Joyand me acolheu em sua casa em 4 de abril de 1805. Eu aceitei seu convite para me consolar por minha enésima decepção editorial. Claude-François Le Joyand foi um dos meus raros colegas acadêmicos que eu acreditava ser também meu amigo. Mas fiquei extremamente desapontado quando vi, no vestíbulo de seu apartamento, uma audiência bastante numerosa que eu conhecia em parte. Guettard, meu maior inimigo, estava lá. Lamarck também. Eu havia pensado erroneamente que seria o único convidado. Le Joyand manobrava para ser o adjunto do secretário permanente da classe II do recém-criado Instituto imperial das ciências e das artes, ele fazia as vezes do reconciliador entre o antigo e o novo mundo acadêmico.

Depois de ter me apresentado às dezenas de pessoas que, segundo suas palavras, reunira em minha homenagem, ele me tomou pelo braço e me levou à uma porta dupla que se abria para uma grande sala de estar. Todo mundo nos seguia, inclusive Guettard e Lamarck que haviam me cumprimentado com cerimônia, quase cordialmente, sem a ironia velada que eu esperava encontrar. Mas eu mal havia dado alguns passos no interior daquela sala quando, subitamente, fiquei petrificado.

Ao me ver empalidecer, interrompendo os cumprimentos que uma mulher para quem eu não olhava me dirigia, Le Joyand me apresentou aquela que chamara tão violentamente minha atenção. Acreditei sentir, ao vê-la, meu coração se retorcer. E, enquanto ele me contava como ele havia conseguido com sua proprietária que ela pudesse figurar em seu salão, quase já não o escutava, pois parecia-me que, de volta do mais profundo dos infernos onde eu a havia abandonado há tanto tempo, Maram me encarava, com tristeza.

Era uma pintura. O grande retrato de uma negra, de vestido e lenço brancos, sentada sobre um sofá coberto por um tecido de veludo azul-marinho com um dos seios nu e a cabeça discretamente virada em minha direção. Le Joyand a havia pendurado de frente para a entrada da sala de estar. Inicialmente, eu não havia reparado nela, ocupado em saudar os outros convidados. Somente percebi o quadro quando levantei os olhos para examinar o lugar para onde ele me levava.

Orgulhoso de si mesmo, Le Joyand pensava ter conseguido me transportar para um período que ele julgava o mais glorioso da minha vida. Era a ele que eu devia meu apelido de "peregrino do Senegal", que infelizmente minha falta de modéstia me fizera adotar sem grandes dificuldades. Ele próprio havia feito, em 1759, uma curta escala ao Senegal durante uma viagem de caráter científico que realizara sob a direção de Nicolas-Louis da La Caille, um renomado astrônomo. Destinado a ir observar a passagem do cometa Halley no céu da Grande ilha de Madagascar, o périplo fora um fracasso: na noite de sua passagem anunciada, as nuvens o subtraíram das lentes dos eruditos. Mas Le Joyand, que sabia tirar proveito de tudo, adorava contar fragmentos de sua viagem que já datava de mais de cinquenta anos. Ele se vangloriava de ter identificado os caracteres dominantes da beleza das mulheres wolof, apesar da brevidade de sua estada:

– Veja bem, Adanson. Você não acha que ela lembra as mulheres que você e eu vimos no Senegal? – ele repetia.

Ele me disse que seu nome era Madeleine, que ela vinha de Guadalupe. Ela era a criada dos seus amigos de Angers, os Benoist-Cavay, que a haviam comprado no desembarque de um barco proveniente da ilha de Gorée. Na época, só tinha quatro anos e não se lembrava de sua terra de origem. Mas seu rosto falava por ela. Le Joyand tinha certeza de que ela era da raça wolof.

– Assim como eu, Adanson, você não acha que ela tem um jeito wolof?

Todos os convidados olhavam o retrato da negra Madeleine, e Le Joyand, no centro das atenções, não me deu o tempo de responder-lhe. Eu não teria sido capaz, tanto que minha garganta estava apertada.

Seus amigos angevinos, os Benoist-Cavay, tinham uma cunhada, Marie-Guillemine Benoist, pintora de grande talento, que insistira em fazer o retrato de sua bela criada negra. Quando souberam que Le Joyand desejava pendurar aquele retrato em uma parede do seu salão em homenagem a Michel Adanson, seus proprietários não hesitaram em pedir à pintora para emprestar-lhe. Marie-Guillemine Benoist aceitara se separar dele apenas por dois dias.

– Então você confirma, Adanson, como não paro de dizer aos Benoist-Cavay, que Madeleine é de fato uma negra de origem wolof, e não bambara?

Tive a presença de espírito de responder a Le Joyand que sim, seguramente, a jovem mulher do retrato era de origem wolof e que eu até havia conhecido uma moça estranhamente parecida com ela. Um longo pescoço idêntico àquele, o mesmo nariz aquilino, a mesma boca...

Não tive tempo de pronunciar o nome de Maram. Logo Le Joyand, que queria obstinadamente me agradar, conduzira-me, assim como todos os outros convidados, para poltronas dispostas num meio-círculo em torno de algumas estantes de música. Tive direito a um sofá na primeira fila e, mal eu havia me instalado, descobri que uma das jovens mulheres que eu havia cumprimentado no vestíbulo era cantora de ópera. Ela se apresentou a mim com muita graça para me informar que cantaria, acompanhada de um violino, um violoncelo, um oboé e uma flauta, excertos dos primeiro e segundo quadros do terceiro ato de *Orfeu e Eurídice*, de Gluck.

Não podia ser uma simples coincidência: tive a fraqueza de admitir um dia, a Le Joyand, que nunca assisti na minha vida outra ópera que não aquela de Gluck. Então ele preparou tudo para encenar alguns excertos em sua casa, naquele dia, como se precisasse me provar, enquanto eu ainda estava vivo, a força de sua amizade por mim.

Quando os instrumentos preludiaram as primeiras notas da cantora, devo reconhecer que me senti grato a Le Joyand por ter organizado aquele concerto, pois parecia-me que durante todo o tempo que durasse a música, eu conseguiria me libertar das minhas emoções. Mas eu estava enganado. Eu me descompus tão logo a cantora, uma soprano, começou a modular os lamentos de Eurídice, aflita porque Orfeu, tendo descido aos infernos, não ousava olhar para ela. Por trás dos músicos, percebi o retrato de Madeleine e, tomado por uma espécie de delírio da imaginação, tive o sentimento de que Maram usava a voz da soprano para me repreender pelo esquecimento em que eu a havia jogado. Maram me parecia distante e próxima ao mesmo tempo, presente e ausente de seu próprio retrato. Ela tinha aquela expressão no rosto que eu imaginava ser a de Eurídice que, feliz por finalmente ser olhada por Orfeu, subitamente compreendeu, no instante mesmo em que a morte a tomava de volta, o sentido da falsa indiferença encenada por seu marido. Esse curto instante, esse tempo suspenso entra e vida e a morte, eu o vivi com Maram. Eu era seu Orfeu, ela era minha Eurídice. Mas, diferente da ópera de Gluck, cujo final era feliz, eu tinha irremediavelmente perdido Maram.

O fluxo de lembranças que eu havia retido, durante décadas, atrás de uma barreira de ilusões para me preservar de sua crueza, me submergiu. E vi os olhos da cantora se encherem de lágrimas ao observar um velho homem se descompor daquele modo diante dela.

Apesar de todos os subterfúgios que eu havia inventado para obliterar Maram, o sofrimento vivido na ponte de Gorée, após nossa breve escapada, minha e de Maram, para além da porta da viagem sem retorno, voltou-me intacto. Entendi, então, que a pintura e a música possuem o poder de revelar a nós mesmos nossa humanidade secreta. Graças à arte, às vezes conseguimos entreabrir uma porta secreta que leva à parte mais escondida de nosso ser, tão escura quanto o fundo de um calabouço. E, uma vez completamente aberta, os recantos de nossa alma ficam tão bem iluminados pela luz que ela deixar passar que nenhuma mentira sobre nós mesmos encontra a menor fresta de sombra onde se refugiar. É como quando um sol da África brilha em seu zênite.

Minha querida Aglaé, chego aqui ao término da história que eu te destinava, assim como ao da minha vida. Ouso esperar, no momento em que concluo a escrita de meus cadernos, que você os encontrará envoltos nesse couro marroquino vermelho, no lugar onde eu os terei escondido para você. A incerteza de que você os encontrará um dia na gaveta do hibisco me torturará até minha morte, que sinto próxima. Mas essa provação à sua fidelidade me parece necessária. Ela é a garantia de que você compreenderá todas as cadeias secretas que pesaram sobre minha existência.

    Se você os aceitar como herança, terá encontrado também, numa das gavetas do móvel do hibisco, um colar de pérolas de vidro brancas e azuis trazido do Senegal. Peço-te que vá a Angers ou a Paris, na casa das pessoas a quem ela serve, para dar esse colar de presente à Madeleine em meu nome. Claude-François Le Joyand lhe dará o seu endereço. E, se ele se recusar, como creio ser possível, ofereça-lhe em troca uma ou duas coleções das minhas conchas. Ele saberá se valer delas para conseguir o posto ao qual aspira no Instituto.

    Diferente dos africanos mais velhos que são enviados às Américas e que, porventura, transportam, guardadas em saquinhos de couro, algumas sementes de plantas do seu país, provavelmente Madeleine não pôde transportar nada. Ela era muito pequena quando foi tirada do Senegal. E, como nem meu nome nem minha pessoa lhe evocarão nada, peço-te para acrescentar a este modesto colar de pérolas de vidro um luís de ouro que você encontrará na mesma gaveta. Se o coração lhe disser, que ela gaste esse luís de ouro festejando em memória de um jovem homem que nunca voltou de fato de sua viagem ao Senegal. Madeleine parece tanto com Maram! Vá vê-la por mim. Fale com ela ou não lhe diga nada. Vá vê-la e você me verá!

XXXVI

Madeleine detestava seu retrato. Ela não se reconhecia nele e tinha a impressão de que ele lhe traria azar para o resto da vida. Os homens que o viam logo depois a escrutinavam, como se quisessem despi-la. Os mais rudes tentavam tocar em seus seios. Mesmo o senhor Benoist, seu senhor, permitiu-se fazer isso. A senhora, que era ciumenta, adivinhara.

Desde que ela posara para a mulher pintora, a cunhada do senhor Benoist, coisas estranhas lhe aconteciam. Parecia que o quadro falava por ela e que contava qualquer coisa a quem quisesse interrogá-la com o olhar. Na véspera, uma senhora viera lhe oferecer um colar africano de pacotilha e um luís de ouro para beber à saúde de um morto, um certo Michel Danson, ou algo assim. Ela recusara a pacotilha e o luís de ouro. Ela não estava à venda e também não queria comprar nada. Aliás, já estava feito: ela pertencia aos Benoist-Cavay desde sempre. Eles a libertaram, mas ela não era livre.

A senhora insistira muito. Não era uma esmola. O colar e o luís de ouro eram para respeitar a última vontade de seu pai que estivera na África. Antes de morrer, ele havia visto seu retrato. Ela era idêntica a uma certa Mara, ou algo assim. Mara era uma jovem mulher senegalesa que Michel Danson havia amado quando era jovem.

Madeleine dissera não. Ela não queria os presentes de uma outra. Não era culpa sua se Michel Danson havia se enganado de pessoa. A senhora partira com seus tesouros, aos prantos. Era bem-feito, ela a havia feito chorar também ao torturá-la com perguntas impossíveis. Do Senegal, ela não se lembrava de nada e não queria saber de nada. Ela fora tirada da África sem sua memória. Ela era muito pequena. Às vezes, raios de sol refletidos sobre o mar e pedaços de cantos lhe voltavam em sonho. Era tudo.

Sua casa não era lá, no Senegal, sua casa era Capesterre-de-Guadeloupe. Esperava que os Benoist-Cavay decidissem logo voltar para sua propriedade. Ela esperava, sobretudo, que eles deixassem seu retrato na França e que ninguém em Capesterre a visse pendurada em uma parede no domicílio dos seus senhores, com o seio de fora.

Em sua casa, em Capesterre, ela não conhecia ninguém, só um velho homem que se lembrava de tudo. Era o velho Orfeu, que dizia a quem quisesse ouvi-lo, nos dias em que bebia muito rum, que seu nome era Makou e que vinha de um deserto da África chamado Lapoule, ou algo assim. Para fazer troça com ele, em vez de lhe chamar de Orfeu, como o havia batizado o pai do senhor Benoist em sua chegada à *plantation*, apelidaram-no, entre nós, de Makou Lapoule. Ele sempre contava, quando estava bêbado, que havia se tornado escravo por causa do mau-olhado de um branco-demônio com quem cruzou quando era bem pequeno.

Makou acreditava firmemente que foi porque ele havia puxado os cabelos de um branco caído do céu, em sua aldeia na África, quando era um bebezinho, que fora raptado junto com sua irmã. Makou Lapoule jurava que sua irmã mais velha tivera o tempo de lhe contar isso antes que fossem separados na partida do barco para o inferno. Ele tinha oito anos e ela doze. Ele não esquecera de nada. E repetia com sua voz rouca, quando estava bêbado, que não deveria ter puxado, quando era um bebezinho, os cabelos vermelhos do branco, que foi por isso que ele se tornou escravo. Os cabelos vermelhos eram a marca do demônio.

Os outros riam dele, mas eu, Madeleine, não ria como eles. Eu ria para não chorar dos delírios de Orfeu.

Dados Internacionais de Catalogação na Publicação (CIP)
de acordo com ISBD

D593p
Diop, David
  A porta da viagem sem retorno / David Diop
  Título original: *La porte du voyage sans retour*
  Tradução: Raquel Camargo
  São Paulo: Editora NÓS, 2021
  256 pp.

ISBN 978-65-86135-48-0

1. Literatura francesa 2. Romance
I. Camargo, Raquel II. Título

	CDD 843.7
2021-4020	CDU 821.133.1-31

Elaborado por Vagner Rodolfo da Silva CRB-8/9410

Índices para catálogo sistemático:
1. Literatura francesa: Romance 843.7
2. Literatura francesa: Romance 821.133.1-31

© Editora NÓS, 2021
© David Diop, 2021
[By arrangement with So Far So Good Agency]

Direção editorial SIMONE PAULINO
Preparação LUCILIA LIMA TEIXEIRA
Projeto gráfico BLOCO GRÁFICO
Composição JUSSARA FINO
Assistente de design STEPHANIE Y. SHU
Revisão ALEX SENS

Imagem de capa HUGO SÁ
[*Água doce*, 2021. Seda sobre papel, 21 × 29 cm]

Texto atualizado segundo o novo Acordo Ortográfico da Língua Portuguesa.

Todos os direitos desta edição
reservados à Editora NÓS
www.editoranos.com.br

Fonte GT SECTRA
Papel POLÉN SOFT 80 g/m²
Impressão MARGRAF